人间草本

香草美人

《楚辞》芳草图谱

山东文艺出版社

蓝紫青灰 著

图书在版编目（CIP）数据

香草美人 / 蓝紫青灰著. —济南：山东文艺出版社，2021.2

ISBN 978-7-5329-6283-9

Ⅰ.①香… Ⅱ.①蓝… Ⅲ.①散文集—中国—当代 Ⅳ.① I267

中国版本图书馆 CIP 数据核字（2021）第 013627 号

香草美人
XIANGCAO MEIREN

蓝紫青灰　著

主管单位	山东出版传媒股份有限公司
出版发行	山东文艺出版社
社　　址	山东省济南市英雄山路 189 号
邮　　编	250002
网　　址	www.sdwypress.com
读者服务	0531-82098776（总编室） 0531-82098775（市场营销部）
电子邮箱	sdwy@sdpress.com.cn
印　　刷	山东临沂新华印刷物流集团有限责任公司
开　　本	880 毫米 ×1230 毫米　1/32
印　　张	6.25
字　　数	190 千
版　　次	2021 年 2 月第 1 版
印　　次	2021 年 2 月第 1 次印刷
书　　号	ISBN 978-7-5329-6283-9
定　　价	69.00 元

版权专有，侵权必究。如有图书质量问题，请与出版社联系调换。

序

植物一向一物多名，甚为让人烦恼。漫说《诗经》《离骚》里的远古之物，便是如今，人们也常为某种东西各地叫法不同在网络上引发口水大战，洋芋、土豆、山药蛋、马铃薯就能争半天。

1753年，瑞典植物学家卡尔·林奈出版《植物种志》，用二名法为物种定名，解决了这个问题。二名法规定，每个物种学名包括两个部分：属名和种加词（种小名）。林奈痛恨杂乱无章，他创造的分类系统分为七个等级，种、属、科、目、纲、门和界，把物种间的关系整理得清清楚楚、一目了然。如果屈原在《离骚》中对笔下的植物用了二名法，后世读者会省多少事！

那些古书上的香花芳草，不是因为年深月久湮没了名字，就是因为各属不同的文化系统而产生了歧义。楚国的植物有楚国的名字，传到中原，中原人不认识。汉朝天下太平，有时间去整理各国典籍了，汉朝人看到楚国文学作品中有这么多不认识的植物名，也是相当头痛。

这一点《红楼梦》中就曾经说过。大观园初建成，贾政带了宝玉和门客进了园子，给各处楼馆取名。他们走进一个所在，里面长满了藤蔓植物，芳香扑鼻。贾政说有趣，就是不大认识。宝玉道：

想来《离骚》《文选》等书上所有的那些异草，也有叫作什么藿蒳姜荨的，也有叫作什么纶组紫绎的，还有石帆、水松、扶留等样，又有叫什么绿虌的，还有什么丹椒、蘼芜、风连。如今年深岁改，人不能识，故皆像形夺名，渐渐的唤差了，也是有的。

宋朝文人陈正敏也曾发出这样的感慨：

《楚辞》所咏香草，曰兰，曰荪，曰茝，曰药，曰芷，曰荃，曰蕙，曰蘼芜，曰江蓠，曰杜若，曰杜蘅，曰藕车，曰蕳藑，其类不一，不能尽识其名状。释者但一切谓之香草而已。

——宋·陈敬《陈氏香谱》引《遁斋闲览》

他说最好是能把这些香草都找来种在栏槛间，造一座楚香亭，"芬芳满前，终日幽对"。

此书写的便是这座楚香亭畔的香草，采之于楚国的山川河泽，留在《楚辞》的纸页上，遗香至今。

目录

序　　1

离骚歌咏

江离兮蘼芜　　3

申椒与菌桂　　9

比物荃荪　　17

滋兰九畹　　24

留夷与揭车　　32

杜衡　　38

木兰何树　　42

秋菊落英　　49

胡绳缅缅　　56

芰荷衣兮芙蓉裳　　60

日出扶桑　　67

奈此艾蒿长 73

九歌之音

芳洲采杜若 81

白蘋丘,白蘋洲 86

苏壁紫坛 91

石兰如韦 97

白芷为药 101

被薜荔兮带女萝 105

辛夷香车 112

灵芝三秀 117

露申 123

后皇嘉树 130

谁谓荼苦,其甘如荠 135

招魂怀思

柘浆	143
魂来枫林青	148
荆楚犹古风	156
细雨新蔬采马兰	161
款冬苦寒，蜂斗叩冰	166
射干复鸢尾	172
开遍蘘荷向午花	180
蘮蒘青葱善窃衣	186

附录

人间草木系列植物名录 190

常引古籍释名

《楚辞章句》 《楚辞》最早的完整注本。东汉王逸注。《楚辞》为汉刘向所辑,本为十六篇,王逸增入己作《九思》一篇。书中训释文字多有依据,且保存了若干古说。

《离骚草木疏》 考释《楚辞》中草木的专著,多以《山海经》为据。宋吴仁杰著。

《山海经》 先秦重要古籍,包括《山经》五卷和《海经》十三卷。作者不详,各卷著作时代亦无定论。内容主要为民间传说中的地理知识,保存了不少远古神话传说。

离骚歌咏

江离兮蘼芜

扈江离与辟芷兮,纫秋兰以为佩。

——《离骚》

扈:披。

辟芷:生长在幽僻处的白芷。

纫:以绳索扎束。

屈原不愧是植物学家,身世才讲了几句,刚讲到成年,就忍不住要讲他家的苗圃了:江离、白芷可披在身上,秋兰可为佩。

晋代郭璞注《山海经》时说:"芎䓖,一名江蓠。"也就是说,江蓠(江离)就是芎䓖。

《本草纲目》解释"芎䓖"这个名字说:"人头穹窿穷高,天之象也。此药上行,专治头脑诸疾,故有芎䓖之名。"这句话是说,人的头颅为中间高四周下垂的圆形,这是天的样子;此药专治头痛、头风等病症,故命名为芎䓖。

芎䓖别名很多,因"茎叶蘼弱而繁芜"(《本草纲目》),又名蘼芜,亦名薇芜。这种植物分布很广,各地都有,产胡戎的叫胡芎，出关中的叫京芎、西芎，出蜀中的叫川芎，出天台的叫台芎，出江南的叫抚芎。其中，以四川所产药效最好，所以现在把各种芎䓖统称为川芎。所以古书上多见"芎䓖"，而现今则只言"川芎"，便是为此。

"江离""芎䓖"比较陌生，"蘼芜"就熟悉多了。古乐府里便有：

上山采蘼芜，下山逢故夫。
长跪问故夫，新人复何如。

——汉·无名氏《上山采蘼芜》

小时候读这首诗常感不耐烦。自古以来，女人的心态没有变过，遇到前情人，最爱问的就是比我如何：比我年轻？比我漂亮？比我能干？最好的回答是样样不如你，隐隐流露出留恋之意。其实，离了就离了，一别两宽，各生欢喜，比来比去有什么意思？

这女子上山采芎䓖，乃是煮菜为羹。芎䓖大的像芹菜，小的像芫荽，四五月长出苗来，十分香，种在菜园里，芬馨满径。七八月开白花后，叶子就老了，不再食用。

古人写诗常用暗语、隐语，"莲子"是"怜子"，"莲心苦"是"心苦"，都是这个路数。据夏玮瑛《植物名释札记》，"蘼芜"谐音"觅夫"，因为要写"下山逢故夫"，所以才有"上山采蘼芜"，既为押韵，也是暗示。不然，芎䓖是隰草，长在水边低湿处，上山去采就似无理了。

芎䓖是伞形科植物，这一科里好些植物都有个共同点——具"二型叶"，即同一植株上长有两种以上不同形态的叶子。这些

香草美人

离骚歌咏

古名：**江离**

今名：川芎

伞形科藁本属，多年生草本。根茎发达，形成不规则的结节状拳形团块，具浓烈香气。茎直立，圆柱形，具纵条纹。叶片轮廓卵状三角形，3—4回三出式羽状全裂。复伞形花序顶生或侧生，花瓣白色。根茎供药用。

江离兮蘼芜

伞形科植物植株下部的叶子多呈扇形或掌形,初生时嫩而多汁,像水芹或芫荽,可食用;而等到植株长大长高,上部的叶子细长而尖,像茴香或莳萝。

芎藭的吃法同其他野菜相似:焯水后捞出,用冷水浸了,再换两遍水去掉叶子里的辛辣味,加油盐醋一拌。

芎藭鲜叶晒干可以烹茶:

时摘嫩苗烹赐茗,更从云脚发清香。

——宋·韩琦《中书东厅十咏·芎藭》

我没喝过芎藭茶,但摸过芎藭叶。两个手指头轻轻捻一下叶片,闻一下指尖,那香味直冲脑门,顿时神清目明。手指上的香气足足半天没有散掉。几个钟头后,放在鼻端闻一闻,指尖还有浓烈的香气。我这才知道《本草纲目》上说的"此药上行,专治头脑诸疾"是什么意思。

芎藭专治头痛。曹操患有头风病,名医华佗给他治病,要用斧子打开他的头颅,取出里面的风涎。曹操自然不肯,随手就把华佗砍了头。杀了名医,头痛的毛病更治不好。他头痛起来怎么办呢?只好头痛医头,随身携带芎藭,用药醒脑。

薇芜,香草。魏武帝以藏衣中。

——晋·郭义恭《广志》

芎藭又名山鞠藭。鞠是球,芎藭的地下根疙里疙瘩的,像小球,故名。《左传》里记载,楚庄王攻打萧国,萧国大夫还无社知道抵挡不住楚军,便向好朋友楚国大夫申叔展求救。申叔展不便明着指点,便问他家里有没有麦曲,还无社摇头;申叔展又问有没有山鞠䓖,还无社还是摇头。

申叔展只好问道:"河鱼腹疾,奈何?"这次还无社终于懂了,躲在井里,逃过一劫。

据《春秋左传正义》,麦曲、山鞠䓖都是御湿之物,这是暗示他"逃泥水中"。后世小说中屡见开药方暗示逃命的桥段,即源于这个故事。《倚天屠龙记》里,胡青牛给张无忌开的药方就是:"用当归、远志、生地、独活、防风五味药,二更时以穿山甲为引,急服。"读者一看就知道是什么意思。

后来,苏轼因"乌台诗案"被贬黄州。王巩遭牵连,被贬宾州(今广西宾阳),差一点病死。苏轼十分愧疚,认为是自己连累了他,有诗《次韵和王巩六首》道:"巧语屡曾遭薏苡,廋词聊复托芎䓖。"这两句用了两个典故。"薏苡"来自汉代马援的故事。他从交趾回朝时载了一车薏苡,时人以为是珍珠;他死后,有人诬告他贪腐,妻儿只得将马援草草安葬。"薏苡之谤"就是指蒙冤受屈。"芎䓖"则来自还无社的故事。

苏轼还在给弟弟苏辙的诗里提到过芎䓖:

芎䓖生蜀道,白芷来江南。
漂流到关辅,犹不失芳甘。

——宋·苏轼《和子由记园中草木十一首·其八》

蜀中芎䓖到了关辅,犹不失芳甘,诗中有屈原《橘颂》里"苏世独立""更壹志兮"的意思。

浓郁的香气让芎䓖早早跻身香草之列。从《离骚》开始，香草的名声都很好。凡香草必喻君子和美人，凡君子美人必为小人所嫉妒怨恨。"芎䓖生蜀道"，苏轼也跟屈原一样，把自己比作香草，虽然颠沛流离，还是保持着芳洁的本质，不改初心。

申椒与菌桂

杂申椒与菌桂兮,岂维纫夫蕙茝?
——《离骚》

杂:集。

岂维:岂止。维,通唯。

纫:以绳索扎束。

蕙、茝:皆香草名。

"杂申椒与菌桂",申椒即花椒,申的意思是重,重的花椒油腺多,芳香度高;菌桂即肉桂。夏玮瑛《植物名释札记》中说,菌即皲,意思是皲裂。肉桂在成长时树心长大,树皮撑破裂开,皲裂的树皮剥下来是重要的香料,称桂皮。

上古时期的酒用稻米、大麦等粮食酿成,再加花椒或肉桂浸泡,称椒酒、桂酒(或椒浆、桂浆)。

盛满椒酒的杯子被称作椒觞。五代,后晋君臣宴会时,每次举杯都要奏乐,第二次举杯时配乐歌唱的是:

剑佩成列，金石在悬。

椒觞再献，宝历万年。

——《乐府诗集·燕射歌辞·再举酒》

君臣们饮的正是椒酒。

古代有除夕、元日饮椒酒的习俗。陆游《除夕》诗中写道："炽炭炉中百药香，屠苏煎酒代椒觞。"除夕过了就是元日，昨晚饮了，今朝又饮，《己巳元日》中说："曾孙新长奉椒觞，儿女冠笄各缀行。"

桂酒首见于屈原的作品，《九歌·东君》是太阳神的咏叹调：

青云衣兮白霓裳，举长矢兮射天狼。

操余弧兮反沦降，援北斗兮酌桂浆。

诗中的太阳神穿着云衣霓裳，以弧矢星为弓箭射杀天狼星，战毕返身回去，以北斗为爵痛饮桂浆。

《楚辞》里的桂，不是现在说的桂花，而是肉桂，为樟科樟属植物。现在的桂是木樨科木樨属的木樨，通称桂花。但桂花宋代才被移出深山老林，种在园林寺庙里，当时称岩桂。

东汉王逸注曰："桂酒，切桂置酒中也。"后世每以桂花酒为桂酒，也不想想那桂花已经小如粟米，何必再切。

肉桂全树芳香，均可入药。在中医系统里，肉桂各部位有不同的名字，树皮称桂皮，枝条横切称桂枝，嫩枝称桂尖，叶柄称桂芋，果托称桂盅，果实称桂子……其中，最广为人知的是桂皮。从树上剥下树皮，卷成一束，阴干后可长期保存，炖肉时可放一片，

香草美人

离骚歌咏

古名：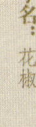椒

今名：花椒

芸香科花椒属，落叶小乔木。茎干上的刺常早落，枝有短刺。奇数羽状复叶。花序顶生或生于侧枝之顶，花黄绿色。果紫红色，散生微凸起的油点。花期4—5月，果期8—9月或10月。

申椒与菌桂

木樨

木樨科木樨属,常绿乔木或灌木。通称桂花。

清 恽寿平 绘

香草美人

离骚歌咏

枝上秋雲金粟冷衣邊香露玉杯涼

吳門客館觀元人本追臨壽平

申椒与菌桂

四川火锅的红汤里也用得到。

西方人也常用桂皮入馔,不过那是产自香料群岛的锡兰肉桂。与中国人用桂皮炖肉去腥不同,西方人用肉桂粉做甜点,如肉桂面包卷、肉桂苹果派。英美电影《真爱至上》里,"憨豆先生"扮演的百货公司售货员在包装礼品时,加了一根看起来像小树枝的东西,那就是锡兰肉桂皮。

广西产的桂皮味道是先甜后辣,东南亚产的桂皮是先辣后甜。桂皮浸在酒里,甜味充分释放,香味愈加浓郁。屈原的时代,楚国和广西相接,南方出产的桂皮一早被运送到楚国。楚国先民用来浸酒,酒浆芳香,色如琥珀。香料一向昂贵,因此桂酒得到很高的礼遇,可以用来祭祀上天和祖先。

宋代苏轼谪居海南,平时饮点酒以御瘴气,当地有人传授给他桂酒方,用的正是肉桂。酿成的酒作玉色,"香味超然,非人间物也"。

在北方,周国用椒酒祭祀。有楚国横亘在交趾和周国之间,南方的物产一时进入不到中原,因此桂酒只出现在《楚辞》中,《诗经》中只有椒酒:"有飶其香,邦家之光。有椒其馨,胡考之宁。"(《周颂·载芟》)这是周国人在春天籍田时向社稷神祈祷的乐歌。周人将芳香的花椒浸在酒里,以此敬神。

在《诗经》里,花椒还出现于爱情之歌里:"视尔如荍,贻我握椒。"(《陈风·东门之枌》)男子看心爱的女子像锦葵花(荍)般美丽,获赠一把花椒更是喜出望外。而在《楚辞》的篇章中,花椒除了浸酒之外,常与粮食为伍:《离骚》中是"巫咸将夕降兮,怀椒糈而要之",想请巫咸降临,要怀揣着花椒和精米虔诚相邀,糈是用来祭神的精米;《九章·惜诵》中是"梼木兰以矫蕙兮,

古名：**菌桂**

今名：肉桂

樟科樟属，乔木。树皮灰褐色，老树皮厚达13毫米。花期6—8月，果期10—12月。通体有强烈的香味。

香草美人 **离骚歌咏**

申椒与菌桂

欙申椒以为粮",捣木兰,揉蕙草,舂碎花椒做干粮。

"欙申椒以为粮"的欙字有两个意思,一是舂,二是舂过的精米。但花椒舂过也没法代粮,可能是稻米舂过去壳以后容易生虫或霉变,加花椒一起舂,或者在舂好的精米里加花椒,可以驱虫防霉。

现在四川有一种糍粑做法颇为独特:糯米煮熟后,放碓窝里舂,取出,加花椒和盐揉匀塑成糕,冷后切成片,吃时入油锅炸热。这让人想起古老的椒糈。

明清以后,因为桂花的普及,桂酒也从肉桂浸酒变成了桂花浸酒。明朝田汝成《西湖游览志余》中说,《楚辞》中的桂浆即桂花所酿之酒。这说明在嘉靖年间,桂酒已经被默认为桂花酒了。

比物荃荪

quán jì
荃不察余之中情兮，反信谗而齌怒。

——《离骚》

中情：内心。

齌怒：暴怒。

鲁迅先生的《自题小像》云"寄意寒星荃不察"，小时候读这首诗，虽然烂熟于心，但并没有深切理解，要到后来读《离骚》，才知道原来出自这里。屈原说"荃不察"，荃指的是楚王。

荃，在《楚辞》中又称荪，两者是一物。其实荃也不是什么难得一见的香草，不过是泥淖沼泽边的菖蒲，因有香气而被泽国水乡的人看重。按照李时珍的说法，菖蒲得名是因为它长得昌盛葱郁，在水边一长一大片。

传说尧帝时，天降精于庭，化为韭，韭又感百阴之气，化为菖蒲，因此菖蒲又名尧韭。韭叶和菖蒲叶都长而细，是有点像。

《吕氏春秋》说，冬至后五十七日，菖蒲生，于是始耕。阳气动而水暖，水暖而草萌生，菖蒲长在水里，得先春之气。冬至五十七天后，时近雨水，先秦时气候较暖，土已解冻，水已回暖，可以耕种了。因得阳气而生，因此菖蒲又名昌阳、菖阳。

周文王爱吃蒲菹，但他吃的实际上是香蒲的嫩芽，而不是菖蒲。香蒲春天新出的嫩芽雪白脆甜、甘美可口。同样是"蒲"，容易搞混，为了区别，菖蒲又被称为臭蒲。菖蒲和香蒲除了叶形相似，花序也都是蜡烛状，香蒲又名水烛便是为此。但香蒲的花序是棕色的，像海绵那样软绵绵的；菖蒲的花序像玉米芯，黄绿色，疙疙瘩瘩的。

其实菖蒲不臭，古人有时候不太讲理，一个东西好起来好得天上有地下无，不好起来就践踏如臭泥。菖蒲的叶子含细辛醚及少量丁香酚和黄樟油素，揉碎有柠檬香气，十分清新好闻。端午节时家家门口悬挂蒲剑艾旗，香味如何是众所周知的。

菖蒲最终从泥淖中挣出，在文人的案头寻得一方洁石、一盏净水养身。这是宋朝苏轼引起的潮流。从他开始，文人养菖蒲一如屈子托芳荪，至今余韵尤在。

当时苏轼游慈湖山，在山石上掘了几株石菖蒲，带回去用石盆养在舟中，旁置美石，"璀璨芬郁"，十分可爱。他写了一篇文章讲为什么要养石菖蒲，并把石菖蒲和菖蒲进行了比较：

> 其轻身延年之功，既非昌阳之所能及。至于忍寒苦，安淡泊，与清泉白石为伍，不待泥土而生者，亦岂昌阳之所能仿佛哉？

——宋·苏轼《石菖蒲赞并叙》

昌阳就是菖蒲。唐以后，人们把菖蒲类植物分了好几种，说生石碛上盘根屈节的是石菖蒲，生湿地沼泽中根大苗壮的是昌阳，又叫泥菖蒲。养在石盆里的是石菖蒲，看的是裸露的根和细洁的叶；

香草美人

离骚歌咏

古名:**荃、荪**

今名:菖蒲

天南星科菖蒲属,多年生草本。根具芳香气味。叶片剑状线形,长90—150厘米。全国各省区均产。

比物荃荪

菖蒲

香蒲

香蒲科香蒲属，多年生水生或沼生草本。

菖蒲蠢笨粗壮，没人养在案头。

菖蒲高齐人腰，生于水边、池沼；而石菖蒲高不盈尺，生于山间石上、溪水之边，香气浓郁，远过菖蒲。甚至有人说，这种拥有芳香清冽之气的石菖蒲才能被称作芳荪、香荃。

苏轼这篇文章一出，养菖蒲成为文人的必修课。明人说石菖蒲佳者有六种：金钱、牛顶、虎须、剑脊、香苗、台蒲。清人觉得搞这么多名堂好烦，精简为三种：金钱、虎须、香苗。以虎须为上，金钱次之；盆宜石盆，泥盆次之；石要嶙峋，纹理清晰；蒲根九节，十二最好；水宜雨水，井水次之……

《汉武帝内传》记载，有仙人告诉汉武帝，嵩山有石上菖蒲，一寸九节，食之可以长生。

书上这么一写，大家都相信了，李白还写过诗：

神人多古貌，双耳下垂肩。

嵩岳逢汉武，疑是九嶷仙。

我本采菖蒲，服食可延年。

——唐·李白《嵩山采菖蒲者》

因武帝的号召力，服食石菖蒲的根也就成为传统，还弄出很多名堂，说好的菖蒲根一寸有九节，如果能找到一寸有十二节的，吃了就能成仙。所谓节，就是叶片脱落后留的印痕。石菖蒲叶子生得密，一寸内长九片叶子很正常。文人又爱修剪掉叶子露出虬曲的根茎，日日以清水淋灌，那印痕越发清晰。

服石菖蒲根成仙是不可能的，中毒倒有可能。武帝服食两年后，觉得胸口发闷，正是中毒的症状，好在他及时停止了。

早先，端午节有饮菖蒲酒的风俗，把石菖蒲根切成片用酒浸了饮下。宋朝王仲修《宫词》云："艾虎钗头映翠翘，菖蒲泛酒舞宫腰。"

菖蒲酒已经成为历史的陈迹。如今端午节时，人们会把菖蒲（即泥菖蒲）叶悬挂在门楣上，用以辟邪祛毒。菖蒲叶狭而长，叶上生有隆起的中肋，像剑之脊，便有了水剑和蒲剑的美名。

菖蒲的芳香分子确实能抑制空气中的某些细菌。农历五月阳气盛，长江中下游梅雨将至，空气潮湿，正是病菌滋生的良机。室内悬挂蒲剑，于传统文化是辟邪，于环境卫生是抑菌。菖蒲称得上宜室宜家。在端午节前买一束回家，且行风雅之事，做一日之骚人。

吐花紫栀翻
階正燃乳窝
真特爲祝長
生一盞清泉
當清瀹行年
七十老未娶南
山之下石家女
与郎作合好
眉嫵農

越夕又成三十八字呂代菖蒲作合亦解嘲之意
也
此生不爱結新婚亂髮蓬頭老瓦盆莫道無人
克供養眼前香草是兒孫　壽門又書

石菖蒲　天南星科菖蒲屬，禾草狀多年生草本。

香草美人

离骚歌咏

四月十六菖蒲生日也余屑元時林松泉代郡鹿膠墨一螺乃爲寫真并作老之歌再其壽云
蒲郎蒲郎鬢鬚髮古四月楚天青可數

比物荃蓀

滋兰九畹

余既滋兰之九畹^{wǎn}兮，又树蕙之百亩。

——《离骚》

滋：栽种。

畹：东汉王逸《楚辞章句》："十二亩曰畹。"

树：种。

现在说的兰和蕙，是兰科的兰花和蕙兰。但在屈原的时代，兰、蕙和兰科一点关系都没有，隔着十万八千里，离得山长水阔。

孔子周游列国，诸侯都不肯用他的理论来治理国家，他只好怅然而返。从卫国回鲁国的路上，路过隐谷，他看见谷中香兰十分茂盛，喟然叹息道："夫兰当为王者香，今乃独茂，与众草为伍，譬犹贤者不逢时，与鄙夫为伦也。"于是他停下了车子，取出琴来边弹边唱，作《猗兰操》。猗的意思是美好而盛大，猗兰就是又美好又茂盛的兰草。

孔子说"兰当为王者香"，屈子说滋兰九畹，当时的兰是菊科泽兰属植物，如佩兰、泽兰（又名白头婆），均为通体芬芳的

古名：兰

今名：佩兰

菊科泽兰属，多年生草本。高40—100厘米。茎绿色或红紫色。叶三全裂或三深裂，两面光滑无毛，边缘有粗齿或不规则的细齿。花白色或紫红色。产全国多数地区。

香草美人

离骚歌咏

滋兰九畹

香草。泽兰紫茎绿叶（偶有紫叶），多为白花，偶有淡紫和粉色，望之如白纱堆叠。佩兰与泽兰很相似（为了区分，人们又把泽兰叫小泽兰，佩兰叫大泽兰），紫茎紫苞，开花一片红紫，丛生密植，远观如一片紫雾。

后世有人把《猗兰操》写作《幽兰操》，虽然隐谷确是幽谷，但幽兰之名容易造成歧义，不足以表达兰之勃勃生机，更适合现在说的兰花。

屈原滋兰九畹，树蕙百亩，种了许多香草，用来沐浴、佩带。在古代，有德者要佩带与自身德操相配的饰物，以此来时时提醒自己，行为要配得上这些饰物。"古之佩者，各象其德"，美玉温润无瑕，故君子佩玉；兰草芬芳，故德芬芳者佩兰。

兰以其香味被人们所喜，德行操守，那是附加其上的美好寓意。在先秦，它常用于沐浴。没有肥皂的年代，人们发现佩兰和泽兰采收回来，晒干烧成灰再冲入水，可以去除污垢。或者，刚采下的鲜草放在开水里煮一下，便是古书上说的兰汤，可以用来洗澡。

> 溱与洧，方涣涣兮。
> 士与女，方秉蕳兮。
>
> ——《诗经·郑风·溱洧》

蕳即兰，秉蕳就是手持兰草。

《溱洧》描写的是三月上巳节青年男女在水边祓禊、游春之事。祓禊又名修禊，是古时的祈福仪式，于上巳节在水边举行祭礼，洗濯去垢，消除不祥。溱和洧是河南境内的两条河流。春天，春水涨岸，人们在水边祓禊，手里拿着芳香的兰草。既然祓禊的一项内容是清洁身体，兰草在这个日子是非常重要的。

这种风俗在晋朝时还保留着，王羲之《兰亭集序》中写道：

> 永和九年，岁在癸丑，暮春之初，会于会稽山阴之兰亭，修禊事也。

永和九年三月三日这天，王羲之邀约谢安、孙绰等当世名士聚会于绍兴城外的兰亭，行修禊之礼。越王勾践曾在此处的水渚边种兰，渚因此得名兰渚；渚边有山，得名兰渚山；山下有亭，因名兰亭。那时，兰亭四周一定长满了兰草，符合修禊的要求。

此外，把兰草放入植物油里浸，让芳香物质分解到油中，即为兰泽。用梳子或篦子蘸了兰泽来梳篦头发，以油去垢，以油润发，头发变得又黑又亮又整齐，绾出的发髻可以保持较长的时间。

到后世，随着澡豆、胰子等清洁用品的出现，"秉蕳"已成旧事，兰草也一度改叫都梁香。

晋武帝太康元年，今湖南邵阳置都梁县，属邵陵郡。都梁县治下有一座山，山间泉清水冽，水边长满了兰草。生活在水边的人采了兰草煮水洗头，香气长久不消。久而久之，人们就把兰草叫作都梁香。

南朝笃佛，四月初八相传为释迦牟尼生日，为浴佛节，寺院取五色香水灌沐佛像。这五色水为青、赤、白、黄、黑，分别来自五种香草或树脂，为都梁香、郁金香、丘隆香、附子香、安息香。魏晋南北朝有很多写到都梁香的诗句，比如：

> 博山炉中百和香，郁金苏合及都梁。
>
> ——南朝梁·吴均《行路难》

清 恽寿平 绘

香草美人 离骚歌咏

兰花

兰花指兰科兰属的几种地生兰。

滋兰九畹

既然是放在博山炉中焚烧，说明这时的都梁香已经被制作成固体物。做法是把晒干的兰草磨成细粉，再加别的粉类和水，调和成糊，做成块形或线香形、塔形、丸形，甚至篆字形，再晒干或阴干。

中国古代有焚香的习惯，宋代洪刍著《香谱》，明末周嘉胄著《香乘》，收录历代香史和合香配方，都提到过都梁香。时至今日，焚香之俗早已式微，邻国日本仍然传承不断。平安时代（与宋朝差不多同时）的小说《源氏物语》中，有不少焚香、熏香的细节。居室、衣服、被褥自不必说，扇子、信纸等体现主人身份的日常琐物也要熏香，务必要未见其人，先闻其香。

今天，京都的香店里仍有各式香丸、香饼、香塔、香球出售，去日本的文艺女青年多爱买一些回来，自用或送人。其中有一款名"藤袴"，原料便是兰草。

日本人称兰草为"藤袴"。《源氏物语》中，夕雾中将去探访玉鬘，拿了一枝美丽的兰草献给她，并吟诗一首："兰草生秋野，朝朝露共尝。请君怜惜我，片语也何妨。"日本人称丧服为"藤衣"，故夕雾用兰草（藤袴）暗示丧服——因祖母离世，两人都穿了墨色的丧服。

日本人把兰草列为"秋之七草"之一。屈原说"纫秋兰以为佩"，说明"兰"秋天开花，这正是菊科植物的特点。现代人说"春兰秋菊"，"兰"已不是菊科的兰，而是兰科的春兰。

奇怪的是，兰草曾经如此备受推崇，到宋代却已经少有人知了。方回《八月二十九日雨霁玩古兰》云："我有古猗兰，瓦斛以莳之。举世无识者，惟有秋蝶知。"唐以后，兰花进入世人之眼，因花素雅、香清幽，慢慢取代了古兰草的地位，连"王者之香"的桂冠也一并取走。而古兰草被民间称作紫菊、孩儿菊，面目模糊，声名不彰。

上巳节的命运也同样坎坷，因与清明、寒食接近，它慢慢被取而代之。去水边祓禊的风俗也渐渐被扫墓冷食（寒食风俗）和郊游踏青（清明风俗）所代替，湮没在故纸堆里。

现在的兰花，花有香而叶无芳，采下就萎，稍碰即损，柔弱娇嫩。而古代的兰草通体芬芳，可刈可佩，晾干后香气愈盛。

某年十月，我去武夷山游玩，在"岸上九曲"行走时，看到一处水沟里长满了开白花的草，一直蔓延到山涧里。仔细一看，原来是泽兰。它们生长在水泽处，白蒙蒙一片，嗅之有清香，正是"兰之猗猗，扬扬其香"。它和杂草共生，生命力顽强，蓬蓬勃勃长出一大片来。

而在云南德钦梅里雪山下的雨崩村里，我见到大片人工种植的佩兰。那里不通公路，村民进出单程至少步行五个小时。村里没有医生，村民有点小病，便采点药草煎汤服下。佩兰是种得最多的药草。这里的海拔在3000米以上，佩兰因生长在这样的环境下，花作深紫色，比平原地区的深了好几个色号。

吴、楚、蜀各地的家门口都没有了佩兰的踪迹，云南的角落里还有。文化的足迹一步一步，走得漫长而悠远。雨崩村的藏族村民不会想到他们在房前屋后种下的大片佩兰，其渊源可以追溯到先秦，有楚国的一位君子为它代言，他几乎是兰的精神象征。

留夷与揭车

畦留夷与揭车兮,杂杜衡与芳芷。
——《离骚》

畦:东汉王逸《楚辞章句》:"五十亩曰畦。"此作动词用,种植之意。

杂:相杂而种。

余既滋兰之九畹兮,又树蕙之百亩。
畦留夷与揭车兮,杂杜衡与芳芷。
冀枝叶之峻茂兮,愿俟时乎吾将刈。
虽萎绝其亦何伤兮,哀众芳之芜秽。
众皆竞进以贪婪兮,凭不厌乎求索。
羌内恕己以量人兮,各兴心而嫉妒。
忽驰骛以追逐兮,非余心之所急。
老冉冉其将至兮,恐修名之不立。

——战国·屈原《离骚》

屈原把学生比作香草,他自己是辛勤的园丁——现在我们用

矮桃

报春花科珍珠菜属,多年生草本。茎直立,高40—100厘米。叶互生,长椭圆形或阔披针形。总状花序顶生,盛花期长约6厘米,花密集,花冠白色。花期5—7月,果期7—10月。全草入药,嫩叶可食或作猪饲料。

香草美人

离骚歌咏

留夷与揭车

园丁比喻教师,大约就是从屈原这里来的。他写他的杏坛、他的书院,不写桂栋华堂、书声琅琅,而是写他在园圃里栽种了留夷和揭车,还有衡芷芳草。因他夙夜汲水浇灌,枝叶日益丰茂。面对这样长势茂盛的芳草,他怜惜太过,不舍得刈割,没想到它们最终花叶萎而枝干老。

屈原说,自己昔日培育了许多学生,希望他们能品行兼优,辅助君王,害怕他们受不了名利的诱惑,变得贪婪;担忧他们嫉妒别人的才能,宽恕自己的平庸;不想看到他们钩心斗角,钻营拍马。他担心自己即将老去死去,而修洁的名声还没有传扬开去。他这一生别无所求,要的不过是清白之名。

这一段文字写了四种植物:留夷、揭车、杜衡、白芷。非常幸运,杜衡、白芷至今还是杜衡和白芷,麻烦的是留夷和揭车。

这两种植物十分生僻,后世少有人提及。留夷和揭车像是遥远年代里被遗忘在了楚国山川里的古老植物,寂寞地长在洞庭湖边、潇湘水岸,化进云梦泽的烟云之中,若隐若现地留在泛黄的故纸之上,成为屈原的私家珍藏。它们没有像他笔下的其他香草那样,得到世人的礼赞,一如木兰、杜若变成高洁的象征,或像杜衡、白芷成为药房里的药材;或者,像菌桂、申椒那样彻底日常化,从庙堂坠落到厨房,作为香料与鸡鸭鱼肉为伍,同入鼎镬之中。

关于留夷,后世众说纷纭。东晋郭璞在给《上林赋》作注时引用了三国张揖的一句话:"留夷,新夷也。"张揖是个大学问家,著有《广雅》,为当时官修的字典。而《山海经·西山经》中提到过芍药,郭璞注曰:"芍药一名辛夷,亦香草属。"辛夷和新夷大约可等同,这样一来,留夷不就是芍药吗?

屈原的年代太过遥远,今人未必能确凿地知道他的留夷到底是什么植物，笼统地概括为一种香草不失为一种方法。不过既然有人提到芍药，不妨去看看古籍中的芍药，是不是现在的芍药花。

宋代吴仁杰说过，《离骚》中的草木可以在《山海经》中找到。《山海经》中没有留夷，但有芍药。《东山经》载，洞庭之山"其草多菱、蘪芜、芍药、芎䓖"。洞庭之山，指的是洞庭湖中的君山及周边的山林，这一片广袤大地之中，草有兰（菱）、蘪芜（蘪芜）、芍药、芎䓖。

《山海经》中生有芍药的不只洞庭山，《北山经》又说绣山之上"其草多芍药、芎䓖"，洧水从山中流出，东流注于黄河。还记得《诗经》中那首著名的《溱洧》吗？"洧之外，洵吁且乐。维士与女，伊其相谑，赠之以芍药。"诗中描写的是郑国溱水、洧水河边上巳节时的风貌，青年男女手持兰草(士与女，方秉蕳兮)，招魂续魄，除拂不祥。修禊活动结束，日渐黄昏，士与女戏谑调笑，将别时，相赠以芍药。芍药有将离、可离、别离之意，因此《韩诗外传》中称之为离草。晋崔豹《古今注》引用汉代董仲舒的话说："芍药一名可离，故将别以赠之。"

现代人读这首先秦时的古诗，想当然地把诗中的"芍药"理解为毛茛科芍药花，而没有注意诗中这个场景发生的时间。诗中，溱水和洧水因春天来到，冰雪消融，雨水渐多，而江河水涨，"溱与洧，方涣涣兮"。这是春天的景象，而芍药开花时已至立夏。

所以，就算留夷是芍药的推论是正确的，古芍药也不是今芍药。留夷之名，首见于屈原笔下，之后便是司马相如《子虚赋》：

掩以绿蕙，被以江离，糅以蘪芜，杂以留夷。

芍药

毛茛科芍药属,多年生草本。

《缂丝乾隆御制诗花卉册》

留夷与江离、蘼芜并列，给人的感觉是，它应该是伞形科植物——伞形科多香草，川芎、藁本、茴香、莳萝等均具浓烈香气——这也符合下文"应风披靡，吐芳扬烈"的描述。东汉王逸的注释正是："留夷，香草也。"

揭车，又作藒车。唐朝药学家陈藏器编撰的《本草拾遗》中记载："藒车味辛，生彭城，高数尺，白花。"《说文解字注》引《广志》云："黄叶白花。"有人说，揭车可能是报春花科珍珠菜亚属的某种植物。珍珠菜这名字，一看就知道花是白色的。

珍珠菜亚属植物中国有三十多种，就分布地点和株高来看，虎尾草和矮桃比较符合揭车的形态特征。这两种都高达一米，产全国大多数地方。矮桃植株上有黄褐色卷曲柔毛，多少有点接近《广志》上"黄叶白花"的描述。矮桃全草入药，嫩叶可食，这两点符合古人栽种的原则。这两种植物都是穗状花序，花茎高高挑出，像一枝即将成熟的稻穗，上面密生白色五瓣的小花，向一侧弯曲；成片种植，十分美丽。

> 旧宅萧条泮水隅，骚人曾此托幽居。
> 荒台日暮无行雨，废圃春深有揭车。
>
> ——明·何乔新《宋玉宅》

孔门弟子三千，贤者七十二人，叫得出名字的有子渊（颜回）、子贡、子路、子夏等。屈原为人熟知的弟子大约只有宋玉了。明人写宋玉故宅，提到了揭车，是合乎宋玉的身份的。

留夷也许是某种伞形科香草，揭车也许是某种珍珠菜，至于到底是哪一种，就不必细究了。

杜衡

畦留夷与揭车兮,杂杜衡与芳芷。

——《离骚》

杜衡数次出现于《楚辞》里,如《离骚》之"杂杜衡与芳芷"、《九歌·湘夫人》之"缭之兮杜衡"、《九歌·山鬼》之"被石兰兮带杜衡"、东方朔《七谏·怨世》之"弃捐药芷与杜衡兮"等,自此名传千古。

杜衡(又写作杜蘅)到了后世,成为文人的精神象征。因屈原的遭遇,后世文人一旦失意落魄,很容易代入屈原的境界中。有屈原的灵魂做伴,即使落魄,也没那么孤独了。比如南朝江淹就曾一而再、再而三地写杜衡:"窃悲杜蘅暮,揽涕吊空山。""使杜蘅可剪而弃,夫何贵于芬芳。"……

不得志于庙堂,且行吟于泽畔,造园林以自娱,种芳草于阶前,少不了要种杜衡。"辛夷屋兮杜蘅房,期之子兮洁自芳。"(明·邓云霄《上元君》)在文人的心中,杜衡不仅是芳草,更是芳洁人格的象征。

香草美人

离骚歌咏

古名: 杜衡

今名: 杜衡

马兜铃科细辛属,多年生草本。叶宽心形或肾状心形。花紫色,花被筒钟状或圆筒状。生于海拔800米以下林下沟边阴湿地。全草入药。

杜衡

《尔雅·释草》里说："杜，土卤。"郭璞注："杜衡也，似葵而香。"其实，《山海经》里就已经这么描述了，说天帝之山有杜衡草，"其状如葵，其臭如蘪芜"。

《唐本草》说杜衡"叶似葵，形如马蹄"，所以又名马蹄香。清以前，"葵"指冬葵，是常吃的蔬菜，人人都认识。一说叶似葵，就知道杜衡的叶子是马蹄形的，圆圆的，叶柄处有凹陷。

杜衡春初在宿根上发新叶，叶子高两三寸，一丛五七叶或八九叶，别无枝蔓；茎叶间贴地开筒形小花，颜色暗紫，不注意根本看不见；全株均有香辛气，可当香料制作香囊随身佩带。

杜衡是马兜铃科细辛属植物，和常用中药细辛相像。晋代张华《博物志》引述魏文帝的话说：

> 诸物相似乱真者，武夫怪石似美玉，蛇床乱蘪芜，荠苨乱人参，杜衡乱细辛……

即是说，杜衡与细辛相似，足以以假乱真。后世往往有人以杜衡冒充细辛。杜衡本身也是药材，明以后屡见于本草书中，但功效不如细辛。细辛又名小辛、少辛，根极细，直而柔韧，花深紫色，味道极辛辣，嚼上去像花椒且更甚于花椒。杜衡的根比细辛的粗，像一把刷锅洗碗用的树根扎成的小饭帚，四五寸长，微黄白色，味道辛辣。只需把杜衡和细辛放在一起比较，便见真伪了。

科学研究表明，马兜铃科植物大多含有马兜铃酸。马兜铃酸在人体中有蓄积作用，中毒后可麻痹呼吸中枢，抑制中枢神经。急性中毒会引起肾功能衰竭，导致死亡；慢性中毒可引起泌尿系统器官的恶性肿瘤，潜伏期可长达三十年。古人限于认知，把一

双叶细辛

马兜铃科细辛属,多年生草本。

些能令人慢性中毒的植物当成药吃了下去,其中就包括马兜铃科植物。常见的含有马兜铃酸的药材有马兜铃、天仙藤、青木香、寻骨风、关木通、广防己、细辛。治小儿急惊风的猴枣散中就含有细辛,近年被禁用。

　　杜衡在《楚辞》中是香草,气息芬芳,叶子浓绿且有纹理。在花园中种几棵,可以欣赏一下它马蹄形的叶子、青绿的颜色、叶面上鬼脸一样的斑纹,闻一下清风送来的香味——香味并不会让人中毒。

木兰何树

朝饮木兰之坠露兮,夕餐秋菊之落英。
——《离骚》

坠露:降落的露水。

落英:零落的花,一说初生的花。

"朝饮木兰之坠露兮,夕餐秋菊之落英",这恐怕是最早写木兰的诗句了。现在一说木兰,必引用此句,让人感觉屈原时代的木兰,像是汉武帝建章宫前的承露盘,用来接露水、承甘霖,高雅脱俗。既然梅花上的雪可以烹茶,荷叶可以酿酒,桂花可以调羹,木兰花怎么就不能承露呢?木兰花的花瓣又长又厚,形如羹匙,花又如杯似盏,就像一只天然的承露杯。用木兰花来收集露水,露水染上香氛,饮用此露,何其清雅。

"朝饮木兰之坠露"表现的是屈原志向之高洁,用木兰的拂晓清露,衬托他的卓尔不凡。木兰是清贵高雅的代名词。直到如今,木兰的形象仍是高洁清冷的。

古诗中凡写到木兰,必有屈原餐风饮露的身影。东晋陶渊明

古名：**木兰**

今名：朴香

樟科樟属，常绿乔木，高达14米。树皮光滑，味似肉桂。叶互生或近对生，卵圆形、长圆形至披针形。圆锥花序腋生或近顶生，花绿白色。花期秋冬，果期在冬末及春季。

香草美人

离骚歌咏

木兰何树

写《闲情赋》，是"栖木兰之遗露"；南朝梁沈约写药名诗，是"木兰露易饮，射干枝可结"。木兰承露的意象是屈原创造的。此外，还有两个人赋予木兰更丰富的内涵，把它的意象渲染得缥缈之极——木兰从遗世孑立的承露杯，变成了凄美浪漫的寻爱舟。

这两人便是屈原笔下的一对神仙眷侣：湘君和湘夫人。湘夫人出游，南下寻找湘君，洞庭湖上是她乘坐的飞龙舟。飞龙舟迎风鼓帆，"桂棹兮兰枻，斫冰兮积雪"——桂树为桨，木兰树为舷，驶过冰一样空明的水面，击起雪花一样的浪。屈原凭生花妙笔，先是在毫尖捧起了一只承露杯，又打造了一艘木兰舟。从那以后，在古诗词中，凡小舟轻棹，几乎俱是"木兰舟"。

木兰舟是真的存在过的。南朝梁任昉在《述异记》中记载过：

> 七里洲中，有鲁班刻木兰为舟，舟至今在洲中。诗家所云木兰舟，出于此也。木兰洲在浔阳江中，多木兰树，昔吴王阖闾植木兰于此，用构宫殿也。
>
> ——《太平广记》引《述异记》

鲁班是我们最熟悉的木匠大师。任昉说鲁班用木兰树做的船，到南朝的时候，还在七里洲中呢。这位传说中的木匠祖师是春秋时期鲁国人，从春秋到南梁，过了那么多年，这船一直泊在河洲边都没烂，可见木兰树是好木材。

任昉那时候的南朝人，最喜欢采莲。从皇帝到民女，纷纷写采莲诗、唱采莲曲。他们采莲用的就是木兰舟："金桨木兰船，戏采江南莲。"（南朝梁·刘孝威《采莲曲》）

"木兰舟"这个名字用了许久，直到唐宋时，诗人骚客写采莲诗,姑娘们乘的依然是木兰舟:"相逢畏相失,并著木兰舟。"(唐·崔国辅《采莲曲》)后来,省去了"木"字,简称"兰舟",宋朝柳永唱离歌送别,便道:"留恋处,兰舟催发。"

现在说的木兰,是二三月间开花的木兰科木兰属植物,常见的有白玉兰、宝华玉兰、天目木兰、武当木兰、望春玉兰、黄山木兰、紫玉兰(辛夷)、二乔木兰等。这些木兰有个共同特点,先花后叶,冬末即含苞,早春便放花,开时满树繁花,如酒卮如灯盏。玉兰一树白花,辛夷满枝重紫;天目轻粉色,武当玫瑰红;望春轻俏,二乔水嫩;宝华如玉,黄山如瓷。群花初开,几日便败,花落后长出新叶,其时已近四月。

木兰坠露,秋菊落英。农历八月,凉风悄至,白露暗降,寒蝉嘶鸣。阴气渐重,露凝而白。露随秋风至,日冷菊花黄。露和菊并列,这是秋天的景象。

木兰花开在早春,明人程羽文《花月令》言农历二月花事,是"桃始夭、玉兰解、紫荆繁、杏花饰其靥、梨花溶、李能白"。那么,朝饮木兰之坠露,就不可能夕餐秋菊之落英,时令对不上。

或者,那不是木兰花上的露,而是叶子上的露?

八月秋风至,一叶落而知天下秋。木兰是落叶乔木,菊花开的时候,叶子已经转黄,温度再低一点,就要纷纷飘落。这样的枯叶落叶,如何承露?

既不是春花上的花露,又不是秋叶上的白露,那么,要么是屈原随便找种植物寄托情感,要么,屈原说的木兰,根本就不是现在说的木兰。

我们不妨走出诗词营造出的春花秋露之地,来到芬芳的药草园,古老的本草书是最早的植物志。其中,最早记载"木兰"的

玉兰

木兰科木兰属，落叶乔木，高达25米。

清 恽寿平 绘

是汉代《本草经》。此后，《本草经集注》《唐本草》《图经本草》等本草书又有补充。

这些本草书都收录了"木兰"，却都没有描述过它的花是什么样子。花是重要的辨识部位，哪怕粗略如《山海经》，写到植物时也会写明是"黄叶白华"，或是"赤华而黑实"。本草书不约而同地忽略了"木兰"的花，可见花不明显。但木兰科的木兰们春天的时候满树繁花，怎么可能略过不表？

那么本草书里的"木兰"是什么样子呢？它树形如楠；树皮似肉桂有香气，十二月采皮，阴干入药；树叶也似肉桂，上面有三条纵脉，气味辛香；是桂（樟科，非木樨科之桂花）之一种，可代肉桂使用，但皮和叶均不及肉桂。

另外，北宋刘逵在注《蜀都赋》时说：

> 木兰，大树也。叶似长生，冬夏荣，常以冬华，其实如小柿，甘美。

可见，"木兰"是常绿树，冬天开花，果实甘美。而木兰科植物是落叶树，春天开花，果实也不可食。

屈原所说的"木兰"，无论哪一方面，都和今天的木兰科植物没有一点点相似之处。东汉王逸注《离骚》，说"木兰去皮不死"；樟科的肉桂为常用香料，采收时就是割下树皮，卷成卷，阴干。

古人说的桂类植物，在现代植物分类学中，被归于樟科樟属肉桂组。这个组里包括肉桂、锡兰肉桂、天竺桂、滇南桂、爪哇肉桂、川桂、阴香等十几种植物。这十几种里，能取树皮入药、可代肉桂、木质上佳的，只有天竺桂和阴香。天竺桂春天开花，剩下的只有阴香。

阴香，古名牡桂，又名广桂，各地也叫它桂树、山肉桂、山桂、香桂、小桂皮等，便是屈原说的"木兰"。"木兰"之名，我想一是取木之高大，二是取兰之清芬；树高曰木，气馨曰兰，是为"木兰"。阴香的花小，只有半厘米，绿白色，花期为秋冬，花序是稀疏的圆锥花序，藏在浓密的树叶里毫不起眼。阴香树叶经年不落，要非常留意才能观察到它在开花。所谓阴香，指它的树皮阴干而香，《本草经集注》中就说了，"十二月采皮，阴干"。

屈原写湘夫人乘坐的木兰舟，通体以樟科的诸多桂树做成，有兰枻，还有桂棹。这艘船的用料，不是桂木，就是"木兰"。

七里洲里，鲁班造的木兰舟停了数百年不坏。樟科树木一向是良好的家具用材，过去人家嫁女儿，没有樟木箱陪嫁是怎么也说不过去的。从樟树树干里提取的樟脑丸，可以辟蠹驱虫。以阴香树之高大质坚，正合用作建筑造船木材。

阴香叶子芳香，叶片平滑，叶脉纵向，正可滴露。它冬夏常青，秋天转冷时，秋菊正黄，树叶清凉。夜间气温低，水汽聚集在叶上凝结为露。趁早晨太阳未升时采集叶上的露珠，这沾了树叶香气的木兰之露，堪配屈子精神。

秋菊落英

朝饮木兰之坠露兮,夕餐秋菊之落英。

——《离骚》

"朝饮木兰之坠露兮,夕餐秋菊之落英。""菊"字最早写作"鞠",汉朝以后在"鞠"上加草字头为"蘜",最终简化为"菊"。"鞠"字有穷尽的意思。菊花开时,秋风正盛。秋者,其气栗冽,砭人肌骨;其意萧条,山川寂寥。百花遇之,无不容颜惨淡。秋天对花而言,是生命的尽头,是时间的穷极。但菊花偏偏在秋风凄凄切切的呼号声中开出绚丽的花来,因此得名为鞠。它逆时迎风,不惧寒霜,气息清冽,孤标傲世。

在屈原的时代,菊在世人眼里,还没有这么多的象征意义;屈原采它来吃。像他笔下其他香草一样,菊后来成为气节的象征。因他的缘故,到了两汉两晋,服食菊花成了隐士的招牌,饮菊花酒变成了重阳节民俗的组成部分。

魏文帝曹丕曾经在重阳节这一天给太傅钟繇送过菊花,随花还附有一封亲笔书信《九日与钟繇书》。他写道:

> 至于芳菊，纷然独荣，非夫含乾坤之纯和，体芬芳之淑气，孰能如此！故屈原悲冉冉之将老，思飧秋菊之落英，辅体延年，莫斯之贵。谨奉一束，以助彭祖之术。

曹丕揣测屈原之所以服食菊花，是因为"老冉冉其将至兮"。岁月荏苒，白发渐生，年齿将衰，老之将至，这是自然规律，无可奈何。怎样才能对抗时间呢？也许自然界中能与肃杀秋风相逆的菊花可以延缓衰老的脚步。屈原当时那一点个人微弱的愿望，在后世成为流行；一到重阳节，秋风萧瑟，菊花盛开，人们便纷纷采下菊花，煮粥的煮粥，酿酒的酿酒，泡茶的泡茶，佩戴的佩戴。

菊花和菊花酒到晋代，遇上了另一个知音——五柳先生陶渊明。"晋陶渊明独爱菊"，这句话尽人皆知。"采菊东篱下，悠然见南山"，当时陶渊明住在庐山脚下，他望见的南山，是庐山。

陶渊明《九日闲居》诗云："酒能祛百虑，菊解制颓龄。"有一年重阳节，陶渊明家中没有菊花酒，只得采了一把东篱下的菊花对花长叹，以为要有花无酒过重阳。正在怅望之时，江州刺史王弘派手下给他送来了菊花酒。陶渊明大喜，打开就喝，直喝到醉倒方罢。王弘派来送酒的人是府中办事的小吏，穿的是白衣，此后白衣送酒就成了典故。

当时菊花酒得来不易，酿造耗时耗力。《西京杂记》中记载了酿造法：采将开的菊花，连同茎秆和绿叶，放在蒸熟的黄黏米里拌匀，和上酒曲发酵，密封入缸，等到来年九月九日始熟。

重阳日登高饮菊花酒的风俗，见于南朝梁吴均编著的《续齐谐记》。书中讲汝南有个人叫桓景，跟道士费长房学长生之术；

古名：菊

今名：野菊

菊科菊属，多年生草本。茎直立或铺散，分枝或仅在茎顶有伞房状花序分枝。头状花序，舌状花黄色。花期6—11月。

香草美人

离骚歌咏

秋菊落英

雲籠玉風笙
景已演秋
英耐可燦
高低佛噓
千色錯峙
錦陶冬
能令自形
進

黃蘤初試舞衣裳耐得秋寒鬥曉粧一片綠濤
雲五色更颭嚴電起扶桑 臨趙昌絹本

菊花

菊科菊屬，多年生草本。一名秋菊。為以觀賞為主的天然雜交與人工選育的菊花。

清　惲壽平　繪

香草美人

离骚歌咏

秋菊落英

一日费长房对他说，九月九日家中有灾，可让家人缝制绛色纱囊，里面放入茱萸，系在臂上，登高饮菊花酒，此祸可除；桓景依言行事，带了一家老小登山饮酒去了；晚上下山回家，家里的鸡犬牛羊全部暴死。从此重阳节登高、佩茱萸囊、饮菊花酒成为风俗。

菊花酒要酿造经年方可饮用，性急的人实在等不及；并且蒸黍酿酒这种复杂的事情非酿酒作坊不能为之，不能自己动手，少了多少乐趣！元人书中记载了超级简单的菊花酒制法：九月菊花盛开，采黄色甘菊晒干；清酒一斗灌进瓶中，菊花二两盛进绢袋，悬于瓶口，离酒面约一指高，密封瓶口过夜；次日打开轻嗅，酒有菊花香，斟而酌之，酒更甘美。陶渊明若是生在当时，他屋前屋后种了那么多菊花，秋天想喝菊花酒，那真是方便之极。

陶渊明在东篱下种的菊，叫九华菊，是久经栽培的观赏品种，其原种可能是毛华菊。屈原服食的秋菊，正式名是野菊。野菊的气息近似艾蒿，味道清苦，像莲心；莲心又名薏，野菊因此得名苦薏。汉晋以来，食用和酿酒用的菊花都是甘菊。但野菊也不是完全没人食用，南京地区普遍种植食用的菊花脑，其实就是野菊的近缘植物。菊花脑已经过大约上千年的选育栽培，苦味没那么重。

现在用于观赏的秋菊，大约是毛华菊、野菊、紫花野菊三者天然杂交再经人工选育栽培而成，直系后代为九华菊、杭白菊、杭黄菊、滁菊等。宋朝是中国古代艺菊最兴盛的年代，北宋崇宁三年（1104），第一部关于菊花的专著《菊谱》问世，记录有菊花 36 种。一百三十余年后，南宋淳祐二年（1242），《百菊集谱》刊印，记录的菊花品种有 160 种。明朝是艺菊的又一个高峰期，《群芳谱》上的菊花品种达到了 270 种。艺菊之风传到民国，南京金陵大学园艺系收藏保存了 630 种传统菊花。20 世纪 80 年代以后，几乎每个城市的主要公园或植物园年年都有菊花展,新品种层出不穷。最老的栽培品种九华菊仍然在吐露芬芳,野菊花更是开在每一处山林里,我们可以和屈原、陶渊明欣赏着同样的菊花,泡着同样的菊花茶,饮着同样的菊花酒,文化的传承源远流长。

真正是应了屈原《九歌·礼魂》的诗句:"春兰兮秋菊,长无绝兮终古。"有春兰和秋菊来祭祀,文明终将长久不绝。有华人的地方,就会过端午节纪念屈原;有汉字的地方,就会有人吟咏屈原的诗。

胡绳䋲䋲

矫菌桂以纫蕙兮,索胡绳之䋲䋲。

——《离骚》

矫:把弯曲的弄直。

纫:以绳索绑束。

擥木根以结茝兮,贯薜荔之落蕊。
矫菌桂以纫蕙兮,索胡绳之䋲䋲。
謇吾法夫前修兮,非世俗之所服。
虽不周于今之人兮,愿依彭咸之遗则。
长太息以掩涕兮,哀民生之多艰。

——战国·屈原《离骚》

王逸《楚辞章句》中说彭咸是殷商有名的贤者,曾任纣王的大夫,屡谏其君不听,投水而死;因此屈原赴水,是效法彭咸。

彭咸这个人名,在屈原的诗歌中出现了七次之多,《离骚》的最后一句即是"吾将从彭咸之所居"。但除了《楚辞》,别的

香草美人

离骚歌咏

古名：**绳**

今名：蛇床

伞形科蛇床属，一年生草本，高10—60厘米。复伞形花序，花瓣白色。花期4—7月，果期6—10月。产华东、中南、西南、西北、华北、东北。生于田边、路旁、草地及河边湿地。

胡绳䌷䌷

典籍里找不到彭咸的相关记载，朱熹就认为王逸的解释是依照屈原的诗意自行杜撰的，完全没有根据。和彭咸相似的名字有老彭、巫彭、巫咸，巫是巫师，咸是名字。顾颉刚先生在《中国上古史研究讲义》中说："彭咸为《山海经》中巫咸与巫彭之合作。古时巫医不分，巫咸、巫彭为神医，操不死医以起楚国沉疴，是完全合理的想象。"屈原以彭咸为楷模，是把自己看成能救楚国的医生或巫师。巫解精神困惑，医治身体沉疴，巫和医并称甚至合体，成为屈原的偶像。他想象自己能有巫和医那样的本领，替君分忧。

"索胡绳之纚纚"，"胡"是蒜。宋代罗愿《尔雅翼》说蒜有大小，大蒜为葫，小蒜为蒜；葫又称胡蒜。《说文解字》云："蒜，荤菜。"荤本指有辛辣味的蔬菜，如葱、蒜、韭等。《说文解字》中"蒜"的释义还有另外一个版本："蒜，菜之美者，云梦之荤菜。"（《太平御览》引）古人认为蒜是味道极美的菜蔬。

要知道在上古时期，捣生肉为酱，切鳞族为脍，去除肉膻鱼腥味，可不得靠葱、姜、蒜、茴香、紫苏等荤辛物吗？现在人们觉得吃了蒜有口气，白天上班，午饭要避免吃青蒜回锅肉、蒜薹肉丝、蒜烧鲇鱼。古时可不这么认为，辛香的菜才是好菜，云梦泽的蒜是菜之美者。云梦泽，就在楚地。

"绳"也是植物名。有人解释"胡绳"说，蒜这种植物有长茎叶，可做绳索。这个想法很具象，现在卖蒜头的，常把蒜叶编成辫子一挂一挂、一串一串地出售，餐厅里也爱在墙上挂一串蒜头、一串辣椒、一串玉米什么的作装饰。但实际上并非如此。

"绳"还另有其名，名蛇床，又名虺床，是伞形科植物。它的花就像一把撑开的伞，花朵排列紧密，伞面平整，雨露积在上面不会掉下。

《淮南子》中说"夫乱人者,芎䓖之与藁本,蛇床之与蘪芜也,此皆相似者",可见蛇床和蘪芜(川芎)很像。

蛇床最早名盱,《尔雅》释为虺床。虺音 huī,指水里的毒蛇。其实水蛇无毒,不过蛇给人的印象总是非常不好,水蛇也让人觉得有毒。蛇床喜湿,常生长在水边,古人认为蛇虺喜卧其下,故名虺床。蛇床的种子可以食,又名蛇粟、蛇床子。

比《离骚》更早的《诗经·大雅·下武》里有"绳其祖武"之句,意思是遵循祖先的足迹前进(武,脚步),比喻继承祖业。大约因"绳"还有遵循、继承之意,屈原才说"謇吾法夫前修",最后就落在"愿依彭咸之遗则"上。

如果彭咸是神医神巫,屈原就想做救楚国沉疴的妙手仁医;如果彭咸是赴水而死的忠谏之臣,他也会跟着举身赴清池。他将个人的生死置之度外,只是"哀民生之多艰",悲叹世人依旧艰难辛苦。

芰荷衣兮芙蓉裳

制芰荷以为衣兮,集芙蓉以为裳。

——《离骚》

衣:《说文解字》:"上曰衣,下曰裳。"

芰荷是芰,不是芰和荷。芰荷的荷字,当叶子讲,芰荷指的是菱叶。荷的本义是荷叶,芋又叫芋荷,是因为叶子大而醒目,跟荷叶一样;还有蘘荷的荷,也是指叶子长大。芰是菱,果实称菱角。菱角有无角、两角、三角、四角之分,南朝梁伍安贫《武陵记》中说两角为菱,三角、四角为芰。

菱是浮水植物,菱叶有两种,一种叫沉水叶,小,很早就脱落了;一种叫浮水叶,呈三角形,每一片有茶杯口大小,十到二十来片呈旋叠状彼此镶嵌排列,错落平铺,浮在水面上,像一个莲花座,叫菱盘,十分精致美观。江南私家园林多有池塘,种几丛菱点缀池面,看的就是菱叶的几何图案。

与荷花花叶俱美不同,菱花没甚看头,花小如米粒,白色,藏在菱盘的中间,通常被菱叶遮盖。不仔细找,几乎不会发现菱

香草美人

离骚歌咏

古名：芰

今名：菱

菱科菱属，一年生浮水水生草本。浮水叶互生，聚生于主茎或分枝茎的顶端，呈旋叠状镶嵌排列在水面，成莲座状的菱盘。花白色，单生于叶腋。果三角状菱形。花期5—10月，果期7—11月。

制芰荷以为衣兮，集芙蓉以为裳

莲

睡莲科莲属，多年生水生草本。又称荷花。

香草美人

离骚歌咏

菱荷衣兮芙蓉裳

花的开谢。与菱花的微小不起眼相比,菱花镜则是大大有名,几乎成了镜子的代名词。菱花镜得名,不是因为镜如菱花,也不是镜背上铸有菱花或菱叶纹,而是因为磨过的镜子透过日光,有菱花般的光影。菱花镜这个词出现于南北朝,王瑳《长相思》云"菱花镜中灭",庾信《王昭君》云"镜失菱花影",意思是铜镜久不磨,致使镜光里的菱花都没了影子。古时铜镜用整体铸造法,镜背面有各种花纹,什么山川日月、灵兽海错、金文鸟篆、缠枝花卉。有图案的地方厚,没花纹的地方薄,薄的先冷,厚的温暾,金属冷却的时间不同,收缩度也就不一样。当镜子正面打磨光滑以后,背面高低起伏的图案纹样厚薄和密度不同,强光照到镜面上,就形成菱花样的影子。若是把光投射到墙上,图案更是隐隐约约、明灭不定。隋代李巨仁有写镜子的诗,中间一联"无波菱自动,不夜月恒明"说的便是这种光影现象。隋唐以后,凡镜必称菱花,唐代更有把缠枝菱叶图案铸造在镜背的,让菱花镜一词名实相副。

制芰荷为衣,不是采菱角,而是采菱叶。长满菱的池沼,远远看上去是一片密密的菱叶层,丝毫不见水面。这样的密度会让人觉得如果采而制衣,绝对可以遮身蔽体。

采菱叶为衣的,除了屈原,还有尹伯奇——周宣王的上卿尹吉甫的儿子。尹吉甫死了夫人后另娶新妻,新夫人生了儿子后,便在尹吉甫面前陷害长子伯奇。尹吉甫信了新夫人的话,赶走了伯奇。尹伯奇在荒野流浪,无以为生,集芰荷以为衣,采苹花以为食;晨朝履霜,伤心欲绝,放声大哭,投水而死。

尹伯奇死前鼓琴而歌,琴曲流传下来,名《履霜操》:

履朝霜兮采晨寒,考不明其心兮听谗言。

孤恩别离兮摧肺肝,何辜皇天兮遭斯愆。

痛殁不同兮恩有偏,谁说顾兮知我冤。

——《乐府诗集·琴曲歌辞·履霜操》

伯奇不容于父母,屈原是不容于君王,都不得当权者的欢心;伯奇投河而死,屈原最终选择自沉汨罗。两人的境遇也颇有相似之处。

"集芙蓉以为裳",芙蓉便是荷花。《尔雅》中记载,荷又叫芙渠(蕖),它的每一部位又各有名字:其茎叫茄,其叶叫蕸,其根叫藕,其本叫蔤,花叫菡萏,种子叫的(菂)。

彼泽之陂,有蒲与荷。

有美一人,伤如之何。

寤寐无为,涕泗滂沱。

彼泽之陂,有蒲与蕑。

有美一人,硕大且卷。

寤寐无为,中心悁悁。

彼泽之陂,有蒲菡萏。

有美一人,硕大且俨。

寤寐无为,辗转伏枕。

——《诗经·陈风·泽陂》

这首诗有三章,每一章的首句都写到蒲与荷。第一章"有蒲有荷",按照郑玄的解释,"荷"是"芙蕖之茎",也就是《尔雅》中的"茄"。第二章"有蒲与蕑",郑玄笺注道:"蕑当作莲。莲,芙蕖实也。"也就是说,这里的"蕑"是莲蓬。第三章"有蒲菡萏",菡萏是荷花。从荷梗到莲蓬到花朵,诗歌用芙蓉不同部位的名称来反复歌咏,突出的是"有美一人"的美;把芙蓉分拆开来,用荷梗来比喻她的修长,用莲蓬来形容她的姣好,用菡萏来描摹她的端庄。芙蓉的美有目共睹,其人如芙蓉,自然动人心。

而屈原集芙蓉为裳,正是看中了芙蓉的美好。

"上曰衣,下曰裳"(《说文解字》),屈原采菱叶为衣,集芙蓉为裳,集的大约是荷叶;这一套服装通体绿色,颇有山鬼"被薜荔兮带女萝"的穿衣风格。不然,若采的是花,他一个长胡子飘飘的高瘦老头,腰下围一圈粉红的花瓣,远远一看,知道的明白是香草美人的屈夫子,不知道的,还以为老年哪吒来了呢。

日出扶桑

饮余马于咸池兮,总余辔乎扶桑。
yín

——《离骚》

咸池：传说中日浴之处。

总：结。

《离骚》全诗有373句，后面说："兰芷变而不芳兮，荃蕙化而为茅。何昔日之芳草兮，今直为此萧艾也……览椒兰其若兹兮，又况揭车与江离。"兰、芷、荃、蕙、椒、揭车、江离，这些芳草不是不再芬芳，就是变成了茅草和艾蒿。不变的大约只有扶桑和若木。

饮余马于咸池兮，总余辔乎扶桑。
折若木以拂日兮，聊逍遥以相羊。

——战国·屈原《离骚》

兰、芷、荃、蕙、揭车、江离都是人间之草，扶桑、若木则是神界之木，出现在屈原的神游里。他乘上龙驾凤驭的车子，从东到西，逍遥徜徉在光怪陆离的想象世界中。

在古人的想象里，极东之地有汤谷，汤谷上有一棵大树，名为扶桑，那是太阳升起的地方。传说扶桑树上有十个太阳。一日在上，九日在下。屈原在《九歌·东君》中让太阳神（东君）唱道："暾将出兮东方，照吾槛兮扶桑。"扶桑就长在太阳神的门旁。

后来的人们被古人的想象所吸引，在世间寻寻觅觅，找到了一棵树，觉得和扶桑相仿佛，便命名为扶桑。这种有若神木的树木，就是朱槿。

汉朝伏波将军马援出征南方，把楚国以南的大片土地收入大汉版图，从此有了高良郡、桂林郡、象郡、交趾郡等南方诸郡。汉朝派遣了大批官员去南方任职，亚热带植物从此进入中原人的视野。这些官员回京时，把能带回来的奇花异草移种到上林苑扶荔宫，移不回来的，记载进了书里。朱槿就出现在晋代人嵇含的笔记中：

> 朱槿花，茎、叶皆如桑，叶光而厚，树高止四五尺，而枝叶婆娑。自二月开花，至中冬即歇。其花深红色，五出，大如蜀葵，有蕊一条，长于花叶，上缀金屑，日光所烁，疑若焰生。一丛之上，日开数百朵，朝开暮落。

——晋·嵇含《南方草木状》

当时的人觉得这种树像家乡的乡土树种木槿，只是木槿的花大多是淡紫色、粉紫色、白色，这种花颜色朱赤，因此取名朱槿、赤槿。朱和赤都是形容这种花的颜色红到极致，红得耀眼，红得

朱槿

锦葵科木槿属,常绿灌木。花单生于上部叶腋间,漏斗形,玫瑰红色或淡红、淡黄等色,雄蕊柱长4—8厘米,有金色花粉。花期全年。又名佛桑、大红花、桑槿等。

香草美人

离骚歌咏

日出扶桑

像太阳，让人睁不开眼。唐朝王维有诗云"黄鹂啭深木，朱槿照中园"，朱槿之光，照亮庭园。

在唐代，"朱槿"仍是"朱槿"，"扶桑"还是"扶桑"，没联系起来。"扶桑"除了是神木，还指代传说中的地方，是日出之地。王维送日本学者晁监回国，写诗以赠："乡树扶桑外，主人孤岛中。"唐人已知海外有岛国，因在大唐之东，是日出的方向，便呼为日本。至于美名扶桑之国的日本岛上有没有扶桑树，他们并不在意。

唐末，岭南人管朱槿叫佛桑。唐昭宗时的广州司马刘恂本是河北人，任满之后，中原战乱将至，便移居南海郡，著书自娱。书名《岭表录异》，中有佛桑之名："岭表朱槿花，茎叶者如桑树，叶光而厚，南人谓之佛桑。"朱槿四季有花，有单瓣有重瓣，花色五彩缤纷，有大红、水红、橙黄、粉紫、纯白诸色，据说民间取以供佛，久之遂名佛桑。

到了宋朝，中原和南方的关系愈加紧密，数得出的名人名臣都到南方做过官。宋真宗时的名臣蔡襄曾任福建路转运使，知泉州、福州。他到了南方，见到南方草木葳蕤多姿。行到漳州时，已经是深秋，但耕园驿馆外有佛桑花（朱槿）数十株，开花繁盛，光耀一隅。他惊叹穷乡僻壤有如此娇媚之花，写诗说："名园不肯争颜色，的的夭红野水滨。"苏轼到南方时，正值正月，北方天寒地冻，南方的佛桑花开得正灿烂，他写诗道"焰焰烧空红佛桑"，说佛桑花像燃烧的火焰一般红。

"佛桑"和"扶桑"一字之差，音又相似，比苏轼稍晚的姜特立就在《佛桑花》诗中，把二者联系了起来："东方闻有扶桑木，南土今开朱槿花。想得分根自旸谷，至今犹带日精华。"后来，

木槿

锦葵科木槿属,落叶灌木。

二者最终合为一体,"朱槿"即"扶桑","扶桑"即"朱槿"。扶桑本是神话中的树木,如果一定要在现实世界中找一种植物对应,大约没有比朱槿更合适的了。

到了明朝,李时珍《本草纲目》索性把朱槿呼为扶桑了,并说:"东海日出处有扶桑树。此花光艳照日,其叶似桑,因以比之。后人讹为佛桑。"与李时珍同时期的江南才子徐渭《闻里中有买得扶桑花者》云:"忆别汤江五十霜,蛮花长忆烂扶桑。"可见在明朝中期,扶桑已经成了朱槿的正名。

南方朱槿栽成篱,乡村妇女常摘来簪鬓。明末清初广东人屈大均写诗说:"佛桑亦是扶桑花,朵朵烧云如海霞。日向蛮娘髻边出,人人插得一枝斜。"花多了,就会想出各种方法来应用。既然木槿又名米汤花,可烧粥可做汤,同科同属的朱槿滋味也不会差。白花朱槿是广中的蔬菜,四季都有,烧汤炒蛋皆宜。

庾岭多梅,广府盛产荔枝,惜不能久贮致远。当地女子心灵手巧,五月采青梅加盐腌为白梅,带有梅子果香酸味的汁即为梅卤;再采朱槿花瓣浸在梅卤里,沤为红浆,名曰"红盐",其实不是盐。到了七月荔枝成熟后,把一时吃不完又将熟透的荔枝摘下,去壳去核,入红盐中腌渍,待染色后取出,晒干保存,久贮不坏。颜色红艳可人,味道甘酸可口,为佐茶之妙品。

朱槿在南方,可以长到一两层楼那么高,枝叶下垂,扶疏四布,树叶浓绿,花朵深红,蕊缀金屑,映日生光。一朵方落,一朵又开,四时有花,一丛之上,日开千百朵,红如朝霞。朱槿这样的大红花,配得上扶桑之名。如果屈原生前能见到一片焰焰烧空的朱槿花林,想必是会同意把此花命名为扶桑的。

中国古人给太阳神居住的地方种了一棵神木叫扶桑,后来又把这个名字赠送给了产自南方的朱槿。1753 年,瑞典植物学家林奈出版了《植物种志》,记录了这种开大红花的朱槿,以发现地取名为 rosa-sinensis,意思是"中国的玫瑰",用玫瑰来命名,一言其红,二言其美。朱槿原产何处已不可考,整个热带地区都有分布。产于非洲的裂瓣朱槿传入我国后取了一个美丽的名字叫"吊灯扶桑",简称"吊灯花",也叫"拱手花篮",光听名字就可爱之极,让中国的扶桑家族更加丰富多彩。

奈此艾蒿长

户服艾以盈要兮,谓幽兰其不可佩。

——《离骚》

户:指家家户户。

服:佩带。

要:同"腰"。

    古时的端午节从五月初一就开始了,整个五月上旬都在节内。明代宫中,宫眷内臣俱要换上绣了五毒艾虎的补子蟒衣,一直要穿到三十日才换下来。每宫每殿的门两旁安设菖蒲、艾盆。门上悬挂吊屏,上画天师或仙子仙女执剑降毒故事,挂足一个月才撤。初五这天的午宴,饮朱砂雄黄菖蒲酒,吃粽子,吃过水面,赏石榴花,佩艾叶,画符。

    艾叶在端午节的节俗中不可或缺,现今,挂天师画、饮朱砂雄黄菖蒲酒、赏石榴花、画符等习俗都消失了,吃粽子和挂艾叶、菖蒲还保留着。每年四月底,菜市场里就开始卖粽叶、艾叶和菖蒲叶。本地的粽叶为箬竹叶,长长的叶子对折,再捆成一扎一扎,一扎大约有三四十片，可以包五六斤糯米。艾叶和菖蒲用细红布条捆好，三块钱一把，五块钱两把，一般人家都会买两把，回家挂在门上，可以香一个星期，等到干透后再扔掉。这个时候，亲手包的粽子也吃得差不多了，这才算过完端午节。

可以说，现在的端午节自买艾叶菖蒲始，到取下艾叶菖蒲止，艾叶贯穿整个五月上旬，家里时时可以闻见艾叶的香气。因这个缘故，对植物再不熟悉的人都认得艾叶，但大多数人都不认识佩兰（古之"兰"）。可以说，目前的情形，正是屈原痛心疾首的。明明幽兰之芳要高洁许多，但世人就是把艾草看得更重。

屈原认为艾是小人之草，相对幽兰芳芷，他是顶瞧不上的。他一会儿说"户服艾以盈要兮，谓幽兰其不可佩"，频频叹息；一会儿又说"兰芷变而不芳兮，荃蕙化而为茅。何昔日之芳草兮，今直为此萧艾"，几乎要捶胸顿足，懊恼不迭。他为什么这么讨厌艾，我想了下，估计有两个原因。一是艾叶气息比佩兰要浓烈得多，这种有强烈气味的植物，有的人觉得香，有的就觉得臭了。对一件事物的感觉是很私人的，好比臭豆腐，喜欢的人闻起来，越是味道浓烈越是香；对不喜欢的人而言，那是一臭臭一条街。

还有一个原因。艾草初生的时候气息芳烈，到秋后长老，味道更加浓郁。幼嫩的艾叶可以吃，除了最简单的水焯去苦、油盐调食，各地清明节时还要做用艾叶拌和米粉为皮、包入豆沙等馅的饼食，称呼各有不同，什么青团、艾叶饼、艾草粑粑、艾叶粿、艾粄、艾叶斋等等。可以说，艾草是两个传统节日的头号节令风物。屈原也许觉得到了秋天艾草长老，就只能当柴烧，从香草沦为柴火，有违他制定的香草精神。

屈原立志要做个清高的人，不肯与众秽为伍，所以推崇香草。

香草美人

离骚歌咏

古名：艾

今名：艾

菊科蒿属，多年生草本或略成半灌木状。植株有浓烈香气。叶片两面都密被白色茸毛。一名艾蒿，古名冰台、医草。民间也称为白艾、家艾、野艾、陈艾、艾蓬、艾绒等。产全国大多数地区。

奈此艾蒿长

《午瑞图》
瓶中插有艾草、石榴花、蜀葵、菖蒲等端午节令花卉。

清 郎世宁 绘

香草的品格就是持节不变，不管周围环境怎么恶劣，都不会改变芳香的本质。兰草是流水经过，水都带香；杜若是从叶香到根；杜衡是叶色苍翠，凌冬不变；川芎是香得通天彻地；白芷是挖根切片，粉身碎骨，也不减其香。艾草呢？春天的时候还算是香草，秋后就不好闻了；春天的时候青嫩可口，老了就变柴火了。并且艾草的繁殖速度惊人，春天是一小丛，秋后就是一大片，挤占了别的香草的生长空间。像杜衡这种生长缓慢的香草，转眼就被淹没在一片艾草丛中，叶片被遮，阳光被争，营养被抢，雨水被夺。艾草长得越茂盛，杜衡就长得越孱弱，到最后自然是兰枯芳草歇，唯见艾草发。

艾草气息浓烈，远远胜过寻常的菊科蒿属植物。上古之人便是因为艾叶的气味可以提神醒脑、辟瘴驱虫，才采来药用，称其为医草。端午节悬艾叶，正是看中它可以去味避毒，蚊虫不近。除悬挂整束的艾叶之外，人们还用艾草扎成人形，称"艾人"；又用艾草为虎形，以气疗病，以形禳毒，后来变化为艾虎，成为五种毒物蛇、蟾蜍、蝎子、蜈蚣、壁虎的克星，出现在端午文化之中。

艾草秋老之后，叶子晒干捣碎得绒状物，名艾绒。艾绒最常见的功用是卷扎成束，点火灸治。艾绒还可制作印泥，朱砂、朱磦研成极细的粉末，加蓖麻油调匀，再加冰片、麝香等香料，用艾绒填塞吸附为膏体，盛于瓷盒内，放很多年都不会坏不会干裂。在上古时代，艾绒还身负取火的神圣职责。取一块坚冰，削冰令圆，做成凸透镜，向日迎光，再以艾绒承影，便可燃烧得火，故艾草又名冰台。

艾老为蒿，蒿一名蓬。艾草生长极快，到了秋后，便是乱蓬蓬一堆。东汉有个高士叫张仲蔚，写得一手好诗赋，但一箪食一瓢饮，过得十分清苦，屋前蓬蒿高过人头。陶渊明隐居南山，自比为张仲蔚，在《咏怀》诗中说："甘彼藜藿食，乐是蓬蒿庐。"因张仲蔚和陶渊明的影响，后世的隐士常称自己是蓬蒿人，南朝萧子良就说他曾经"幼赏悦禽鱼，早性羡蓬艾"。这样一来，蓬蒿、蓬艾反倒成了清高的代名词，身居蓬蒿庐中之人，不同流合污，不趋炎附势，远离官场旋涡，清贫自守，恰如芳草一般高洁。这真是三十年河东，三十年河西。李白在被唐玄宗征召入京时，豪迈地说："仰天大笑出门去，我辈岂是蓬蒿人。"他倒不是看不起蓬庐蒿舍，而是要扬名天下，建功立业。

屈原一生自比幽兰芳芷，顶看不起艾叶萧蒿，但他选择在端午节这天投水自沉，生生地把自己和艾草捆绑在了一起。在他之前，端午早就为节；在他之后，人们索性把端午禳毒和祭祀屈原两件事合并为同一个节庆的民俗活动。现在一说起端午节，就是纪念屈原，吃粽子、赛龙舟都是因为不忍心让屈原的尸体为水族所毁，悬挂艾叶、菖蒲倒成了附带的却又必不可少的形式。屈原泉下有知，也只能苦笑了。

好在后人倒也明白他的心思。屈原的故乡湖北秭归有归乡沱，那里建有屈大夫清烈公祠。宋人魏了翁过此地，写诗以记："椒兰自昭质，不肯化艾萧……经言混凡草，臭味自尔殊。"世间如果没有屈大夫，谁又能辨得出芸芸众草里哪些是芳草哪些是臭草呢？诸草经屈大夫鉴定，才有了香臭之分啊。

九歌之音

芳洲采杜若

采芳洲兮杜若,将以遗(wèi)兮下女。
——《九歌·湘君》

芳洲:香草丛生的小洲。洲,水中陆地。

遗:赠送。

下女:侍女。

《湘君》一篇,主角是湘君,唱歌的却是湘夫人。有意思的是,湘夫人没有歌颂湘君如何伟大,而是埋怨他负心失信,约期不至。而她从南找到北,从北找到南,从早找到晚,找遍了洞庭和湘沅、澧水和长江,都没有找到湘君的踪迹。

捐余玦兮江中,遗余佩兮澧浦。
采芳洲兮杜若,将以遗兮下女。
时不可兮再得,聊逍遥兮容与。
——战国·屈原《九歌·湘君》

她生起气来，把他送给自己的玉玦和玉佩都扔在水里丢弃了；采下一枝杜若交给侍女，表示自己品质芬馨、忠贞幽洁；然后在一旁怀念起曾经有过的欢乐时光。

诗中说："采薜荔兮水中，搴芙蓉兮木末。"薜荔缘木而生，却说采于水中；芙蓉是荷花，不开于树梢。这两句是说，遍寻湘君不得，正如去水中采薜荔和去树上摘荷花一样，徒劳无功。

传说舜帝南巡至苍梧之野，一病而亡，死后葬于九嶷山中，名舜陵，又名零陵。舜帝的妃子是一对姐妹，一名娥皇，一名女英。二妃远赴九嶷，寻陵不见，北上返回，过洞庭时投水而死，死后化为湘水之神湘夫人，舜帝也就成了湘君。

湘夫人对湘君痴情一片，任是大江横流、湖水浩渺，找遍了湘江沅江、北渚洞庭，耗费了无限精神，仍不能忘记。这个故事，因有了女性对爱情的坚持、牺牲，从而变得浪漫伟大，成为中国最早的罗曼史。

"采芳洲兮杜若，将以遗兮下女。"从这里开始，"杜若"就扎根在"芳洲"上。"杜若"之于"芳洲"，就像湘君之于湘夫人，是紧紧连在一起的。有个与芳洲杜若有关的故事：

> 贞观中，医局求杜若，度支郎乃下邠州令贡之。判司云："邠州不出杜若。应由谢朓诗误。"

——唐·韦绚《刘宾客嘉话录》

南北朝时大诗人谢朓《怀故人诗》云："芳洲有杜若，可以赠佳期。"度支司的度支郎（掌管财政收支和物资调运的官员）估计是个书呆子，医局需要杜若配药，他就发公文到邠州去征收

古名：**杜若**

今名：高良姜

姜科山姜属，多年生草本，株高40—110厘米。叶片线形。花白色，有红色条纹。果球形，直径约1厘米，熟时红色。花期4—9月，果期5—11月。根茎含挥发油，有香气。又名风姜、凉姜、良姜、蛮姜、小良姜。

香草美人

九歌之音

芳洲采杜若

杜若

鸭跖草科杜若属,多年生草本。

杜若。偏偏邡州的判司(负责批转公文的小官)是个善谑之人,将上司取笑了一番,写公文报了上去。

因为谢朓这首诗,唐朝还发生过一件趣事。吏部侍郎李安期机变善谑,主管百官的任用和委派。有个候选官叫杜若,被他派去芳州。杜若不想去,求李安期改个地方。李安期就说,芳州地方官当然得你去做,难道没听说"芳洲有杜若"吗?

这种文字游戏历来很受中国文人的欢迎,因此各种笔记都喜欢记载和转录,流传后世,遂成佳话。

南朝梁陶弘景说杜若"叶似姜而有文理,根似高良姜而细,味辛香"。很明显,杜若是一种姜科植物。《中国植物志》里,被定名为"杜若"的是一种鸭跖草科植物,开小白花,味道一点都不辛香。

宋代沈括说杜若就是高良姜。这种说法不是一家之言，还有不少学者也持同样的看法。原来，陶弘景所说的"高良姜"，现名红豆蔻，又名大高良姜。高良姜和大高良姜均是姜科山姜属植物。

高良姜为总状花序，花茎从叶中抽出，一枝直上，开花十余朵至二十余朵，白色花瓣上有红色条纹，极美丽；花后结子，初黄熟红，十分醒目。不管是赏花还是赏果，高良姜都是极佳的观赏植物。

《本草图经》中说高良姜"子如豆蔻"。《红楼梦》第十七回"大观园试才题对额"中，贾政一行人进了蘅芜苑，宝玉说山石间种的是杜若蘅芜，他为这处香草庭院拟的对联是"吟成豆蔻才犹艳，睡足荼蘼梦亦香"。香气浓郁的高良姜，正宜种植在遍是香草的蘅芜苑里。只是我怀疑，高良姜这种南方植物在大观园里能不能种得活？

高良姜的根茎可入药，现在定名为"杜若"的鸭跖草科植物，也许是古代杜若的伪品鸭喋草。宋代的医学典籍《雷公炮炙论》中说，凡使杜若，"勿用鸭喋草根"，很相似，但气味和功效不同。也就是说，宋朝就有人用鸭喋草根冒充杜若了。

白蘋丘，白蘋洲

登白薠兮骋望，与佳期兮夕张。
鸟何萃兮蘋中，罾何为兮木上。

——《九歌·湘夫人》

骋望：纵目眺望。

佳：佳人。

期：约会。

夕张：在晚上陈设起来。

萃：集聚。

罾：渔网。

《湘夫人》这篇是用湘君的口气唱出的。《湘君》篇是湘夫人寻而不得，惆怅而返，怨恨幽结；《湘君》篇是湘君等而不来，日暮独宿。全诗用了诸多排比句，讲述湘君怎么陈设房屋、打扫庭除，雀跃之心，跃然纸上。

湘君站在长满白薠的岸边高地上眺望，眼前只有洞庭波浪。所谓望穿秋水，不过如此。

香草美人

九歌之音

古名：蘋

今名：水鳖

水鳖科水鳖属，浮水草本。叶簇生，多漂浮，叶片心形或圆形，背面有气囊。雌花白色，基部黄色。产全国大多数省区，生于静水池沼中。可做饲料，可用于沤绿肥。幼叶柄可供蔬食。又名茶菜、白萍、白蘋、马尿花、青萍菜等。

白蘋丘，白蘋洲

晋代郭璞说蘋"似莎而大",莎即莎草。蘋似莎草,比莎草体形大,大约也是莎草类植物。《中国植物志》说莎草科莎草属植物多生于潮湿处或沼泽地,和《湘夫人》中的描述也是相合的。莎草属植物中国有30余种,其中最常见的就是香附子,它的块茎可以入药,药名就叫香附子。

"鸟何萃兮蘋中,罾何为兮木上。"鸟本该栖在树上,网本该张于水里,如今却鸟萃于蘋,罾挂于木,皆失其所,表现的是湘君失落焦虑的心情。

《诗经》里写到过采蘋。

> 于以采蘋?南涧之滨。
>
> 于以采藻?于彼行潦。
>
> ——《诗经·召南·采蘋》

古时女子出嫁,先去祭祀祖先,需要采来洁净之物,于是采荇采茆、采蘋采藻。这首诗的末句是:"谁其尸之?有齐季女。""尸"是祭祀时代表死者受祭的人,引申为主祭者,这里是主持祭祀之意。可见,采蘋与祭祀是密切相关的。

蘋秋天开白花,又叫白蘋。白蘋这个名词,惯读诗词的都熟:"十载芳洲抚白蘋,移舟弄水赏青春。""汀洲采白蘋,日暖江南春。"而韦庄的那首《梦江南》词,和湘君的哀怨几乎如出一辙:"过尽千帆皆不是,斜晖脉脉水悠悠,肠断白蘋洲。"湘君在江边望了又望,等了又等,过尽千帆,都不是湘夫人乘坐的飞龙艇、木兰舟,斜晖脉脉,流水悠悠,白蘋芳洲。

但是白蘋到底是什么呢?吴其濬《植物名实图考》是这样描

莎草

莎草科莎草属,一年生草本。

述的:

> 四叶合成一叶,如田字形。或以其开小白花,因呼白蘋。

书中配有插图,画的是田字草。田字草也叫田字蘋,池塘浅沼的水面上常能见到。它的名字是如此形象,四小叶合成一叶,小叶为倒三角形,恰好合成一个田字。整个叶片的形状为方中带圆,因此俗名又叫破铜钱。如果真如吴其濬说的那样,白蘋就是田字草,那么就带来一个问题：田字草乃是蕨类植物，用孢子繁殖，没有花，不结果，通体绿色，如何会开白花呢？唐朝陈藏器在《本草拾遗》里说蘋"叶圆，阔寸许，叶下有一点如水沫，一名芣菜"。按文中的描述，圆叶，叶片背面有水泡，在夏秋间开白花，具备这三种条件的就只有水鳖了。

水鳖，俗称马尿花，为水鳖科水鳖属浮水草本植物，叶片为心形或圆形，背面有水泡，充满空气，可使叶子上浮。

水鳖嫩叶可食，《吕氏春秋》中说"菜之美者，昆仑之蘋"，看来不难吃。至于吃法，三国陆玑《毛诗草木鸟兽虫鱼疏》中有介绍，说可"糁蒸为茹"，即用米粉拌匀了蒸食。

明清时，民间叫它"油灼灼"，明末清初的顾景星在《野菜赞》中有收录。当时的吃法是，开水焯过去除苦涩，加姜醋拌，也可以晒作干菜。

水鳖这个名字，美感和诗意尽失。名字一旦改变，传承文化的载体便随之消失。看着一池"水鳖"，无法联想起《诗经》时代少女出嫁之日的祭祀仪式，也无从揣测湘君久等湘夫人时的焦灼哀愁。

南朝梁王僧孺有《湘夫人》诗：

> 桂栋承薜帷，眇眇川之湄。
> 白蘋徒可望，绿芷竟空滋。

当它被称为白蘋的时候，看那清水静流之上，绿色的心形叶片连绵成片，一朵朵白色三瓣小花挺于叶面，秋阳斜射其上，花朵闪闪生光，想着秋日将尽，严冬掩至，确实会生出"南去北来休便休，白蘋吹尽楚江秋"的伤感之情来。

荪壁紫坛

^{sūn}
荪壁兮紫坛,播芳椒兮成堂。
————《九歌·湘夫人》

播:布。

屈原《九歌》写湘君和湘夫人,用了非常奇怪的角度,不是主人公在吐露心声,像《离骚》这样,从"我"的家世说起,说志向说抱负说委屈说生命说宇宙——一如莎士比亚写哈姆雷特,上来就是生存还是死亡,不停地探索生命的意义——而是从情人的角度来揣摩主人公;《湘君》通篇都是湘夫人对夫君炽热的爱情告白,《湘夫人》全曲都是湘君对妻子绵长的思念和殷切的盼望。

一开篇,湘君听说湘夫人要来了:"帝子降兮北渚,目眇眇兮愁予。""予"字一出,便点明这是湘君在说话。他说我听说夫人要来了,眼巴巴地望着,怎么还没到啊,愁得我两眼发干。这两句化为白话歌词,就是"望穿秋水,不见伊人的倩影"。

"沅有茝兮澧有兰,思公子兮未敢言。""公子"和"帝子"都是指湘夫人。湘夫人是舜帝二妃,是帝尧之女,故称帝子、公子。

湘君用女子未出嫁时的身份代称夫人，便有了尊敬的意味。在湘君的心中，湘夫人还是待字闺中的少女，是主公的女儿，身份高贵。而那个时候的他，是帝尧的臣子，对主公之女心怀仰慕。湘夫人在他心里，始终是尊贵的"公子""帝子"，不是他的"拙荆""贱内"。有了这样的仰慕之心，当"闻佳人兮召予"时，他才会那么动情，"将腾驾兮偕逝"。

接下来真是"九嶷山上白云飞，帝子乘风下翠微""洞庭波涌连天雪，长岛人歌动地诗"。夫人要来了，湘君欢喜得不知怎么才好，忙忙地筑室葺屋，用香草来装饰："荪壁兮紫坛，播芳椒兮成堂"。

"荪壁兮紫坛"，就是以菖蒲饰墙壁，以紫泥筑坛。荪即菖蒲，紫是紫草。坛指土筑的高台，紫坛就是用紫色的泥土研整过的高坛。紫坛是帝王祭祀所用，《汉旧仪》有载："祭天紫坛幄帐。"凡帝王祭祀，必筑紫坛。《乐府诗集》收录了皇帝祭祀的乐歌，南郊祭天是"紫坛望灵，翠幕伫神"，北郊祭地是"紫坛云暖，绀幄霞褰"。《酉阳杂俎》上说："汉竹宫用紫泥为坛，天神下若流火。"

紫坛的紫色来源有两种，一种是紫泥。紫泥出武都，先秦时已有此名，但先秦时的楚国不太可能用得上秦国武都的紫泥。要得到紫色的泥土，更方便的方法是第二种，即把紫草的根捶破，浸出紫色汁液，和到泥土里，和成光滑的紫色泥浆，涂抹到平整夯实过土坛上。

王逸《楚辞章句》里把紫坛解为"累紫贝为室坛"，吴仁杰在《离骚草木疏》中认为不是。他说湘君为湘夫人筑的宫室，是用香草装饰的，所谓"荷室""椒堂""桂栋""兰橑""药房""蕙橑"，

古名：**紫**

今名：紫草

紫草科紫草属，多年生草本，高40—90厘米。根富含紫色物质。花白色，不足1厘米。花果期6—9月。又名紫丹、地血、红草、鸦衔草、野指甲草、紫芙、紫根等。

香草美人 **九歌之音**

蓀壁紫坛

忽然出现紫贝室坛,很是不伦不类;《河伯》中说"鱼鳞屋兮龙堂,紫贝阙兮朱宫",河伯水神的宫殿,才是用鱼鳞为瓦、紫贝为阙。他认为,湘夫人的紫坛只可能是紫草所染。

吴仁杰认为楚辞草木,不脱《山海经》范围,紫草同样在书中有记录:"劳山多茈草。""茈"通"紫"。茈草的根为紫色,捣破浸水,加明矾为媒染剂,染丝色最牢,麻葛次之。因此紫的本义是染为紫色的丝帛,后来索性用"紫"代"茈"。《本草经集注》上说紫草"生砀山及楚地",可见楚国多紫草,湘君用紫泥涂坛,是很方便的。

郑玄注《周礼》云:"染草,茅蒐、橐芦、豕首、紫茢之属。"这几种可染色的植物,茅蒐(茜草)可染红,橐芦(黄栌)可染黄,豕首(天名精)可染蓝,紫茢(紫草)可染紫。

古时染色,都是从植物中提取染料,现在称草木染。草木染色,最大的问题是固色度不够,洗一水就掉色。张爱玲在一篇小说中写一个富家小姐,日常穿的蓝色校服始终蓝翠鲜亮,是因为家里的仆人洗一次就染一次;仆人的一双手,经年累月都是蓝色的。这还是到了民国。在古代人力物力都不够的情况下,颜色鲜艳的织物从来都是上流社会的人才能穿着的奢侈品。

紫草染紫,条件十分苛刻。一是紫草所出紫色物质有限,得反复染多次才能明艳;二是紫草染色需要在低温下才能固色,染工在冬天洗染,天冷水结冰,工人十分辛苦;三是丝织物染紫固色度好,因此紫色衣服多是绢帛所制。这样一来,紫色衣物价格昂贵就不言而喻了。能够穿得起紫服的,都是王公贵族。

其实在古代,紫色起初并不是高贵的颜色,所谓"恶紫夺朱",以邪胜正,为孔子所厌弃。当时把颜色分为正色和间色两种,正色是青、赤、黄、白、黑这五种纯正的颜色，间色是绀（青紫）、红（浅红）、缥（淡青）、紫、流黄（褐黄）这五种正色混合而成的颜色。但是紫色漂亮啊，兼之价格高昂，一般的小贵族都买不起。穿一身紫色袍子类似现在的人穿菲拉格慕、普拉达，既耀眼，虚荣心又得到最大的满足。谁还去管是不是间色，好看就是硬道理。

传说齐桓公喜欢穿紫色的衣服，于是一国之人皆衣紫，绸布商趁机哄抬物价，搞得紫绸奇贵，一匹紫绸可抵五匹素绢。齐桓公十分头疼。管仲说国君不穿紫衣，下面的人自然就不穿了。齐桓公只好忍痛割爱，脱下紫袍，还对左右说自己嫌弃紫色衣服的气味。

紫这个颜色，既透着富贵，又妩媚美丽，比朱赤这样的正色要俏皮许多。汉乐府《陌上桑》写罗敷之美，没说她容颜如花，或者柳眉桃腮樱唇，而是"缃绮为下裙，紫绮为上襦"，上身穿着紫色的襦衣，下面系着浅黄色的裙子，一个明媚娟好的美人形象就跃然纸上。一直到魏晋，女子仍好紫衣，乐府诗《采桑度》中的采桑女子穿的就是紫裙："采桑不装钩，牵坏紫罗裙。"

"绢帛鲜华由染工，红花紫草遂收功。"有趣的是，东方用紫草染紫，紫色是高贵富有的象征；在古代欧洲，紫色同样是贵族专用颜色。他们的紫色，不是来自紫草，而是贝类。

古代欧洲用来染紫的是染料骨螺，英文名 purple-dye murex，意思是紫色染料骨螺。这个名字来自希腊神话，传说大力神赫拉克勒斯的狗咬碎了海滩上的一只骨螺，骨螺里流出的汁液把狗的鼻子染成了紫色。

染料骨螺分布于地中海沿岸，在公元前 2000 年左右，当时的人已经发现并开始利用这种骨螺染色。染色方法有两种，一种是取出骨螺的腮下腺进行光照染色；一种是捏破腺体，使其分泌紫色物质，再用来染色。这两种方法一听就十分麻烦，并且效率极低，因此产出有限。由于原料稀缺，用骨螺染出的紫色布料只限于罗马皇室使用，这个规定一直持续到公元4世纪。1856年，威廉·亨利·铂金（William Henry Perkin）发明了苯胺紫。很多年之后，苯胺紫被大量应用到染织行业，紫色才慢慢从贵族专用色变成大众颜色。

在这以前，不管东方西方，紫色都是稀缺昂贵的。湘君用紫泥筑坛，以待夫人，那真的是最高的礼节。

石兰如韦

白玉兮为镇,疏石兰兮为芳。

——《九歌·湘夫人》

镇:压席之物。

疏:分散陈列。

  石兰,按王逸的解释就是香草。

  有人望文生义,说石兰是石豆兰或山兰,还有人说是石斛。这三种都是兰科植物,山兰是兰科兰属建兰亚属的地生兰,即现在说的国兰,如建兰、蕙兰、春兰、寒兰、墨兰等;石豆兰是兰科石豆兰属附生兰,产长江流域以南;石斛是兰科石斛属附生兰,因茎似金钗股,古称金钗石斛,又名金钗花。

  但是兰科植物在先秦时尚没有被命名为兰。那时的兰是泽兰或佩兰,为通体芬芳的香草。后来发现的有清雅香味的植物也常被叫作兰,如玉兰、兰荪(菖蒲)、兰香(罗勒)等。

  至于屈原说的石兰,从名字就可以推断它生于石上,有香味。石兰又名石韦、石䩹、石皮。韦是兽皮,成语"韦编三绝"就是说穿竹简的皮绳断了三次，可见读书之频、用功之深。韡字从革，革即皮革。韦、韡、皮都是形容这种植物的叶子坚固有韧性，像皮革一样。陶弘景《本草经集注》云："蔓延石上，生叶如皮，故名石韦。"

石韦丛生在岩石上或大树树干上，叶如柳叶，背面有毛。古人采叶做浴汤，言可治风。最早用来做浴汤的是泽兰和佩兰，石韦因此得名石兰。有一种石韦叶子上有金星，凌冬不凋，名金星草，又名金钏草、凤尾草、七星草。看这几个名字，就知道这种草十分美丽，用来装饰房屋车辆，没有任何问题。

湘君为迎接湘夫人，在水中建了水榭，用香木、香草搭建出一个香气馥郁的草堂。

石韦是蕨类植物，要说有多香，还真不见得，但它生处洁净，不沾泥土，十分符合屈原对芳草的要求。除了湘君用石兰装饰居室，山鬼也采石兰装饰香车："辛夷车兮结桂旗，被石兰兮带杜衡。"山鬼的车子用辛夷木做成，菌桂为旗杆，上面挂着石兰和杜衡。《山海经·西山经》上说天帝山有草名杜衡，可以走马。郭璞说"走马"的意思是"马得之而健走"。杜衡叶似马蹄，俗名马蹄香，山鬼带在身边，不光是为了香人衣体，也有以其"走马"之意。而且，荀子说天子乘坐大车出行，侧载泽芷，用以养鼻。人在车上容易晕车，车上载有香草，便可养鼻止呕，宁神静心。屈原那个年代，想来马车上常备有杜衡等香草。

我在野外多次见过茂盛的石兰丛，深山老林、大泽幽壑自不必说，有一回在广西桂林的灵渠景区也见到过。渠水终年流淌，水汽充沛。渠上大树参天，老枝纵横。枝干上遍生石兰，密密丛丛，叶片鲜洁碧绿，叶尖滴水，氤氲生芳。

香草美人

九歌之音

古名：石兰

今名：石韦

水龙骨科石韦属，植株通常高10—30厘米。叶近二型，不育叶圆形，能育叶长披针形。附生于低海拔林下树干上，或稍干的岩石上。

石兰如韦

杭州西湖边的老香樟树上,背阴的一面就常生有石韦。江南古镇上常有几十年乃至上百年的老屋,向北的墙上、屋顶上、瓦沟里,石韦更是长得茂盛。老屋生苔,墙皮剥落,白壁成灰,水渍淋漓,此情此景,令人动心。宋朝周弼有《菩提废寺》诗,写尽此景:"古屋垂山榿,幽窗养石韦。未容行客憩,荒树雨鸠飞。"

多年前,我于江南古镇上见到这样的古屋,便构思出一部小说《离魂》,首章中写道:"屋角墙脚洇出湿绿的青苔,大树的阴面苔藓厚如铜钱,一片片的指状石韦斜斜从树干上萌发,一朵朵的白色小菌伞在叶底的雨雾中缓缓撑开。"因为亲眼见过,所以印象深刻,才会化为笔底文章。我想屈原也一定在楚山湘水见过很多次这样的生境,才会写出这些诗句。

白芷为药

芷葺兮荷屋,缭之兮杜衡。
——《九歌·湘夫人》

葺:覆盖。

缭:缚束。

《山海经》上写号山"其草多药",郭璞注曰:"药,白芷也。"《湘夫人》中云"桂栋兮兰橑,辛夷楣兮药房",这里的药,指的就是芷。

芷,又叫白芷、辟芷,为伞形科植物。伞形科植物多为香料,白芷也不例外。它的茎叶芳香宜人,根去除黄棕色的根皮,里面的部分是白色的,含挥发油,嗅之有芳香。

楚国的河边一定有很多白芷,屈原就写过很多次。《离骚》里有"杂杜衡与芳芷""兰芷变而不芳",《湘夫人》里是"芷葺兮荷屋",以及"辛夷楣兮药房"。

楚地多白芷。成书于楚地的《淮南子》一书中说"身若秋药被风",形容舞者的腰身柔软像秋风吹拂的白芷,屈而复舒。

野生的白芷可与屋檐一般高,茎粗叶大,芳香袭人。屈原写湘君为湘夫人筑室,满眼尽是香草香木,用桂木做柱子,木兰当梁椽,辛夷为门楣,白芷覆在屋顶上,不知得香成什么样子。

我第一次见到白芷,是在药草园里,时值五月,还是新苗。地面部分有一两尺高,冠幅两尺左右,像一把翠绿色的雨伞。七月再去看,白芷已经开过花,在结籽。植株浅白绿色,比人高,须仰视,亭亭如华盖。枝叶披离茂密,俨然成林。看到实物就知道它为什么叫白芷,整个植株是白色调的,微微带些粉绿,绿得很淡,若有若无,香气却很馥郁。

几千年过去了,白芷还是白芷,没有改名,没有被后起之秀夺去芳名,可以让我在它的大伞下,摘取一片香叶,马上想起"骚人辛苦拾何物,沅有芷兮今已香"。

农历五月俗称毒月,这个时候春尽夏来,天气渐热,蚊蝇滋生,蛇虫横行。五月初五为重五节、端午节,又名端阳节,自古以来就热闹非凡:门悬菖蒲剑,楣挽艾叶虎。家家洗粽叶,户户裹角黍。官家赛龙舟,民间捉绿凫。堂上挂五毒,张贴天师符。合酒晒雄黄,额点朱砂红。还有啊,在男孩子额头上画王字以辟邪,用五彩丝线在女孩子手腕上缠长命缕,用黄烟子在墙壁上写一字虎,还要将苍术、艾叶和白芷点燃了,用烟熏屋子。

白芷是常用中药材。端午节前去中药店说买熏药,药店有现成配好的出售。十块钱买一大包,里面便是苍术、艾叶和白芷三样。回来放在一个盆子里,点燃了放在屋子中间安全的地方,关闭门窗;出去玩上几个小时再回来,打开门窗通风换气,屋子里的气味芳香宜人。过冬隐藏的蚊子和虫卵都被药气熏死,一家大小可以过个舒心的夏天。

五月焚苍术、艾叶、白芷熏屋子这个习俗甚是古老,可以上

古名：**芷**

今名：白芷

伞形科当归属，多年生高大草本，高1—2.5米。根圆柱形，有浓烈气味。花白色。花期7—8月，果期8—9月。

香草美人 **九歌之音**

白芷为药

溯至先民最早的定居时代。那个年代，先民择空地而居，面河易取水，背林易取柴。近森林和河泽的地方蛇虫多，先民们发现生长在泽边的一种气味芬芳的草点燃之后虫避蛇逃，便用来熏屋子。

白芷除了焚烧熏香，也可做面脂。叶子可煮水沐浴。根用水煎为剂，有杀虫灭菌的作用。

我外祖父从事裱褙行业，曾说用生矾、花椒、黄腊研为末，调在糨糊内，以此裱画，虫鼠不咬。而清洗被油烟熏染的旧画，则要用海螵蛸、滑石、龙骨、白芷四样研成细末，涂在污渍上，隔纸熨烫，脏物便被吸去。若是太脏太油，把粉末喷湿，上铺绵纸过夜，清晨揭去，再熨平整，便有八成新了。

白芷为药，除了驱虫，还可以解蛇毒。《夷坚志》里讲了个故事：临州有个人以弄蛇卖药为业，一日刚摆好摊，就被蝮蛇咬伤，一条手臂粗得像大腿，浑身皮肤黄黑，看上去马上就要气绝。旁边有个道人见此情况，要来一碗清水，取出一包药末来调成浆灌进弄蛇人的嘴里。弄蛇人吐尽黄水，过一会儿就能站起来了。道士说，药是白芷磨成的末，本来应该用麦门冬煮汤调服，刚才事急从权才用清水，看来也有效。

武侠小说里有很多毒药和解药，这么说来，白芷也是一种解药。

被薜荔兮带女萝

若有人兮山之阿,被薜荔兮带女萝。
——《九歌·山鬼》

阿:山之深曲处。
被:同"披"。
带女萝:以女萝为带。

　　山鬼出场,衣不蔽体,没有丝绸绢帛,只是一路走一路行,从路边扯下薜荔挂在颈上,从树上拉下女萝系在腰间;她赤豹为骑,文狸为侍,天真烂漫地来到聚会的地方。因路远山高,她来得稍晚,站在山头往下看,天色晦暗,云起云卷,不见她思慕的情人。

　　女萝是树上的松萝,是藻和菌的共生地衣,因常附着在松树上而得名。松萝是通称,有许多种,皆为丝状。其中一种叫节松萝,较短,一尺左右;还有一种叫长松萝,长可达一米。松萝生长在树皮上,向下悬挂,颜色为淡绿色、黄绿色或灰绿色,柔软纤巧,像丝像罗,用来蔽体,伴着她行动的步伐、婀娜的体态,随风摇曳,轻纱一般,自带柔光镜和慢镜头,甚有美感。

松萝长在松树上,后面说山鬼"饮石泉兮荫松柏",就毫不突兀。晚上她靠着松树睡觉,早上醒来,想起今天有聚会,就从头顶的松树枝上拉一片松萝下来围在身上,多么顺理成章。

"被薜荔兮带女萝",女萝如轻纱,用来蔽体;薜荔如璎珞,用来装饰。薜荔不光出现在《九歌》之中,《离骚》中也有:"揽木根以结茝兮,贯薜荔之落蕊。"用根来编结白芷(茝),把薜荔的果实穿在一起。薜荔,王逸的注释是:"香草也,缘木而生……蕊,实也。"他说薜荔是一种香草,"贯薜荔之落蕊"是穿起果实。薜荔的特点是缘木而生,屈原《九章·思美人》中有一句"令薜荔以为理兮,惮举趾而缘木"便是佐证,所以湘夫人"采薜荔兮水中,搴芙蓉兮木末"才显得那么徒劳无功。

通常来说,蕊指花蕊,也代指花,另有一个意思是草木果实累累貌。考中进士金榜题名,这个金榜,又称蕊榜,便是指人才众多,如果实累累。

薜荔为桑科榕属攀缘藤本植物——无花果就是最常见的榕属植物——有花但看不见。花被包裹于膨大的花托内部,称隐头花序,最终形成隐头果。因此贯薜荔之落蕊,只能是把果实穿起来。

山鬼"被薜荔兮带女萝",不太可能是把果实挂在身上。薜荔的果实小者如杯,大者如馒头,一个有半斤重,有的地方叫鬼馒头(薜荔也有鬼馒头的别名);重不重先不说,没有美感是肯定的。真要挂几个鬼馒头,那情形,简直像是流沙河边还没被收服的沙和尚,九个骷髅挂在胸口。

薜荔又名木莲,因它的果实"微似莲蓬而稍长"(《本草纲目》)。鲁迅先生小时候在百草园游戏玩耍,就把薜荔唤作木莲:"木莲有着莲房一般的果实。"

古名：女萝

今名：松萝

地衣类梅衣科松萝属菌藻，为共生菌与共生藻的复合菌藻群落。

香草美人

九歌之音

被薜荔兮带女萝

薜荔那像莲房一样的果实做成的食物，叫冰浆。杜甫有一首诗，讲唐玄宗的女儿临晋公主下嫁郑潜曜，他去郑驸马家赴宴。郑家宅院深且广，宅内有莲花洞，夏天天气热，宴会就设在洞中，席上就有冰浆："冰浆碗碧玛瑙寒。"盛冰浆的容器是碧色的玛瑙碗，看着就觉得冰凉沁脾。

冰浆现名冰粉或凉粉，乃是用薜荔果里的籽做成。取籽装纱布袋里，放在凉开水里慢慢搓洗，片刻便有黏稠的汁液从纱布包里渗出。汁液里加少许石灰水作凝固剂，半小时后一盆凉开水就凝结成果冻状的半凝固体了，吃时拌以糖桂花、红糖汁或者玫瑰花酱。不知小时候的鲁迅采了木莲的果实怎么用，他好似没有提及。

但是，薜荔是多年生藤本植物，老藤粗如树干，非草本，也并无香气，怎么看，都和香草扯不上关系。那么，山鬼的薜荔，有可能并不是现在说的薜荔。

"薜荔"二字分开，薜和荔都是草名，薜还是著名的香草。薜是山蕲，现名当归。当归和白芷很像，都是伞形科当归属植物，白芷可是屈原一再赞美的香草。

荔是荔草，又名马荔、马蓶，现名马蔺，有的地方叫马连、马莲、马楝、马莲草、马兰草等。东汉许慎《说文解字》释荔："似蒲而小，根可作刷。"蒲即菖蒲，也就是屈原反复提到的荃、荪。马蔺根到现在仍用来做刷子洗锅，一直没变过。其实，我更乐意把屈原的薜荔想象成马蔺。试想，山鬼在山间行路，把路边的马蔺花采下来，编成花环，挂在颈上，戴在发间。蓝紫色的花明亮鲜艳，衬着她窈窕的身姿、轻盈的步子，和随着步子飘动的女萝绿纱裙，一定十分美丽。但是屈原的薜荔缘木而生，肯定不是马蔺。

薜和荔原是完全不相干的植物，合二为一指称一种植物，可

薜荔

桑科榕属,攀缘或匍匐灌木。叶两型,不结果枝上叶心形,结果枝上叶椭圆形。榕果近球形,单生叶腋,成熟后黄绿色或微红。花果期5—8月。

香草美人

九歌之音

被薜荔兮带女萝

马蔺

鸢尾科鸢尾属，多年生密丛草本。

清 蒋廷锡 绘

能是源于"萆荔"。《山海经·西山经》中说:"其草有萆荔,状如乌韭,而生于石上,亦缘木而生。"

至于乌韭,郭璞为《山海经》作注,道:"乌韭,在屋者曰昔邪,在墙者曰垣衣。"乌韭是一种苔藓。中国古人一向把苔藓叫苔钱、绮钱、绿钱等,唐朝杨炯《青苔赋》有云:"乌韭兮绿钱,金苔兮石发。"萆荔如乌韭,乌韭是苔藓,那么《山海经》中的萆荔,肯定不是饕餮食客的凉粉果。

屈原诗里的薜荔,也许是另一种缘木而生的香草,这种香草有果实可以贯累,有藤蔓可以披挂,还生长在湘楚。仔细想了一下,胡椒科的蒌叶、山蒟、荜拨、石南藤等或许有些符合。

辛夷香车

乘赤豹兮从文狸,辛夷车兮结桂旗。
——《九歌·山鬼》

乘赤豹:以赤豹驾车。
从文狸:以文狸为侍从。

  山鬼出门,排场不小,有随从,有车驾,赶车的是赤豹,狸猫是侍从;车子是辛夷木做的,旗杆是桂木;桂木散发着香气,豹行带风,山鬼一路香气飘飘地到了聚会的地方。
  赤豹和文狸都是奇兽,山鬼的车子由它们来驾驶护从,可见山鬼异于常人、与众不同。这种用猛兽灵物驾车来显示主人不凡的表现手法,在古瓷器纹饰中也能见到。著名的元青花鬼谷子下山图罐上,为鬼谷子驾车的就是一只花豹、一只老虎,画面以古藤老树为边框,很有山鬼出行的氛围。
  "被石兰兮带杜衡",山鬼车子的旗杆上挂了石兰和杜衡。这种把香草扎成一束悬于木杆上的做法,民间一直保存着。唐人在七夕时"插竹垂绥";到了清末,中秋节,人们会把挂了香草

香草美人

九歌之音

古名：辛夷

今名：武当木兰

木兰科木兰属，落叶乔木，高可达21米。叶倒卵匙形或匙形。花先叶开放，杯状，有芳香，花被片外面玫瑰红色，有深紫色纵纹。聚果圆柱形。花期3—4月，果期8—9月。

辛夷香车

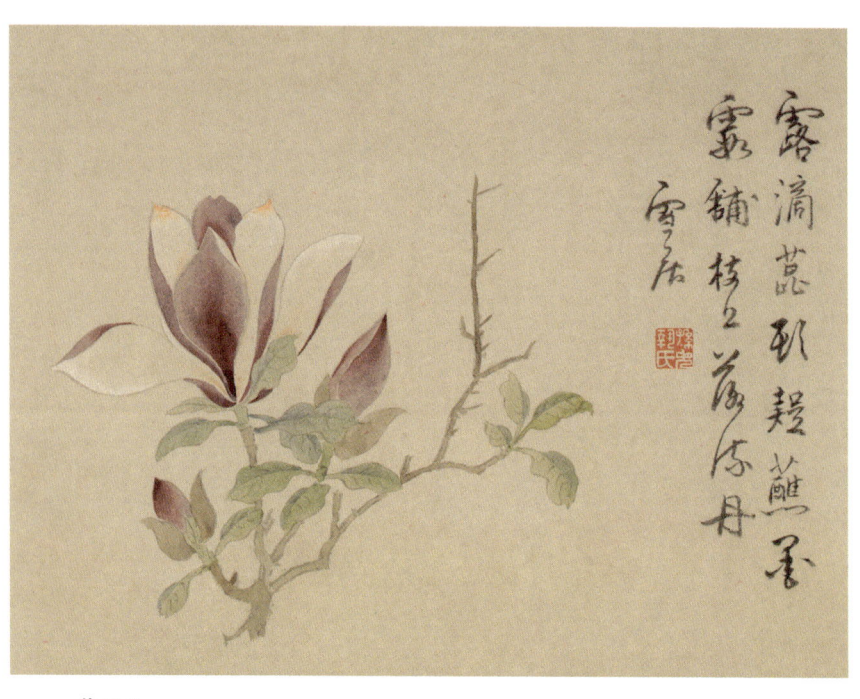

紫玉兰　　　　　　　　　　　　　　　　　　　　　　　明　孙克弘 绘

木兰科木兰属，落叶灌木。

香花的竹竿捆在月亮祠插屏后。清代画家任淇的《送子得魁图》中，女仙身后的侍女手持竹竿，上面倒悬枝叶花草，用丝带缚扎。花束枝条飘拂，仿佛有香气传出。这种民俗如今在闽中山村里还能见到。另外，日本人正月用松枝、忍冬、蜡梅、竹柏、香橙和橙叶等扎成一束，倒悬于门前，正是香草文化的遗韵。

辛夷在先秦文学里只见于屈原的诗歌，《诗经》不载。辛夷似乎是长在楚国山川里的芳树，中原大地竟不见其踪影。以《诗经》草木之多、秦岭终南植物之丰富，难觅一株辛夷，真是咄咄怪事。

秦岭之中、终南之旁怎么可能没有辛夷呢？唐朝王维的辋川别墅在西安东南方向二十余公里的蓝田县秦岭南坡下，里面就有辛夷坞，山坞里开满了辛夷花："木末芙蓉花，山中发红萼。涧户寂无人，纷纷开且落。"王维的朋友裴迪到辋川别墅去玩，还写了诗唱和："绿堤春草合，王孙自留玩。况有辛夷花，色与芙蓉乱。"这两首诗一看就知道写的是辛夷花，辛夷正如二人的描述，颜色红，花如莲花。

辛夷现在被定为木兰科木兰属紫玉兰的别名。紫玉兰三四月开花，颜色紫红，比早春二月开花的白玉兰花期要晚一个月。白玉兰是高大乔木，高可达二十五米，主干粗至一米；紫玉兰是灌木，高仅三米，丛生，枝干细弱。因花蕾初出时毛茸茸的，长不过寸许，长在树梢上，很像一支毛笔，古人称其为木笔。

唐代卢肇有《木笔花》诗，描写"这支毛笔"蘸了粉彩颜料，甚是可爱："软如新竹管初齐，粉腻红轻样可携。谁与诗人偎槛看，好于笺墨并分题。"五代末的欧阳炯写《辛夷》诗，用的也是木笔之意："含锋新吐嫩红芽，势欲书空映早霞。"

辛夷得名，是因其花蕾有辛香之气，夷通荑，是草木新出的嫩芽。辛夷的本义是有辛香气息的花蕾。医家采其入药，晒干后磨成粉，可以通窍醒神。

古时候的"辛夷"应该包括武当木兰、紫玉兰、望春玉兰等在内的多种开紫红色花的玉兰，甚至开白花的白玉兰也被叫作辛夷。卢肇《木笔花》诗云"粉腻红轻样可携"，这是粉色玉兰；欧阳炯《辛夷》诗云"含锋新吐嫩红芽"，这是红色辛夷；李群玉有《二辛夷》诗："狂吟乱舞双白鹤，霜翎玉羽纷纷落。"他用了"白鹤""霜翎""玉羽"来描写眼前这两株辛夷，写的显然是白玉兰。屈原诗中的辛夷，根据产地，极有可能是武当木兰。

屈原单挑了辛夷给山鬼做车，除了看中辛夷树材质优秀、纹理细密，也一定是觉得此树早春开花，极尽灿烂华美，堪配山鬼烂漫的气质、天真的神态、诚挚的情感、幽怨的心怀。

屈原写下辛夷二字时，眼前已是玉兰满山，粉蕾接云，落红铺地。也许山鬼的辛夷香车就疾驰在辛夷山谷中，四周是一片粉红。山道间赤豹飞奔，文狸跳跃，山鬼坐在车上，含睇宜笑。凡是见到此情此景的，谁能不对她心生爱慕？

四川北川县有药王谷，初春时粉色繁花开满枝头，山间大树参天，山谷里绯红一片，蔚为壮观。管理人员为树挂牌，上写"辛夷"，细辨其花，正是武当木兰。

灵芝三秀

采三秀兮於山间,石磊磊兮葛蔓蔓。
——《九歌·山鬼》

磊磊:乱石堆积状。

蔓蔓:藤蔓延貌。

　　山鬼出场,挟风带雨,雷声阵阵,白日晦暗不明,颇有《西游记》里各路妖怪现身,一时间遮天蔽日、飞沙走石的感觉。事实上也是这样,山鬼是鬼,不是神,她呜呜咽咽、别有幽恨、颇带惆怅的模样,确实没有多少神的庄严肃穆。

　　没有见到思慕的人,她自怨自艾,又是埋怨公子不想她,又是担心自己年华将老。少女在恋爱中的神情和心理活动被刻画得如此细腻,两千年过去,读者仍然会为之感动。

　　"采三秀兮於山间",於通巫,於山就是巫山。在后来的传说中,山鬼慢慢变成了神女,即巫山神女。

　　山鬼在巫山采三秀,三秀就是灵芝;传说灵芝"一岁三华"(《尔雅注疏》),因此得名。巫山嵯峨,葛藤蔓延。山中可采之物甚多,写山鬼采芝，是暗示她身心芳洁。

古人认为，灵芝是天地之气感王者之德孕育的祥瑞之物："王者慈仁，则芝草生。"（《文选》李善注引《古瑞命记》）三国魏时曹植《灵芝篇》云："灵芝生玉池，朱草被洛滨。"玉池指的是魏文帝曹丕于黄初三年（222）开凿的灵芝池。朱草也是瑞草，传说王者有盛德始生。曹植这两句诗，是赞美曹丕的德政感动天地，瑞草沐德而生。

因受道家的影响，民间向来相信灵芝有起死回生的奇效。乾隆年间剧作家方成培改编明朝话本《白娘子永镇雷峰塔》为剧本《雷峰塔传奇》，里面加了原创的情节：端午节劝饮雄黄酒，许仙被吓死，白素贞去嵩山南极仙翁处，求他的九死还魂仙草。鹤童出场自报家门，说自己"闲驯白鹿，衔芝草以遨游"。到1947年，田汉改编《白蛇传》（当时名《金钵记》），白娘子索性就说"去至仙山盗取灵芝仙草"了，鹤童的台词也改为"碧池畔瑶草芬芳，紫岩下有灵芝生长"。话说白娘子在峨眉山修炼成人，峨眉山上长有灵芝，不远处巫山也有灵芝三秀，何必舍近求远，去南极仙翁的洞府盗仙草，还和鹤童打了一架，伤了人家？这南极仙翁还住在嵩山！

山鬼采灵芝，也许是服食，渴了喝山间的泉水，饿了采松下的灵芝。而服食灵芝随着汉初道家学说的兴盛，变成了社会风尚。道家经典《黄庭经》中就有"问于仙道与奇方，服食芝草紫华英"的口诀。民间老是相信吃点什么就能大补，补血补气补阴补阳的，和道家的服食修炼法有关。道家说灵芝是仙品，形色变幻，莫可端倪，故有灵芝之称，唯有缘人才能遇上，服之可以成仙。

古人觉得灵芝很神奇，非草非木，非土非石，叩之有声，嚼之可食，生在松下，长在石缝，不折不死，久贮不烂。在古人眼里，

香草美人

九歌之音

古名：三秀

今名：灵芝

灵芝科灵芝属，为真菌的子实体，生长在腐树或树木的根部，从有机物或腐树中摄取养料。产我国多省区，日本也有分布。

灵芝 三秀

灵芝

明　张燕翼等　绘

兰花与灵芝合称"兰芝"。

松树就是神奇之物，他们甚至认为松脂入地化为茯苓。

灵芝一名瑶草。瑶是美玉，灵芝坚硬如玉石。巫山神女名叫瑶姬，这个名字明显是从瑶草而来。

在屈原的弟子宋玉笔下，山鬼从屈原笔下的低级山神变为巫山神女，还和楚怀王发生了一段情事（见宋玉《高唐赋》《神女赋》）。在东晋习凿齿《襄阳耆旧记》中，神女自称：

> 我，帝之季女也，名曰瑶姬。未行而亡，封巫山之台。精魂依草，寔为茎之（芝），媚而服焉，则与梦期。所谓巫山之女、高唐之姬，闻君游于高唐，愿荐枕席。
>
> ——《太平御览》引《襄阳耆旧记》

这让人想起《聊斋志异》里的艳遇故事：书生昼卧书房冷斋，穷极无聊，幻想有鬼狐神女自荐枕席。

而神女则是"精魂依草，寔为茎之（芝）"，她的一缕精魂，依附在灵芝之上。神女告诉楚怀王，要是喜欢（媚）这株灵芝草，采下佩在身上，那么晚上做梦，就会遇上她。

山鬼的形象，在屈原的笔下是一个美丽多情的少女。关于山鬼的身份，一向众说纷纭。除了巫山神女说，还有人认为山鬼可能是夔，即《庄子》说的"山有夔"之夔。夔是传说中的一条腿的龙形怪物，也叫夔龙，商周时的青铜器上有很多夔状纹饰。夔又名神魖，是鬼中之神。另有一种说法是，夔是山魈，是一种独足鬼，一名山精。晋朝葛洪《抱朴子》中道："山精形如小儿，独足向后，夜喜犯人，名曰魈。"古时巫山大概多山魈，其地名夔州，不是没原因的。

另据《淮南子》"山出嗅阳",古人说的山鬼也有可能是嗅阳,即狒狒。扬雄《羽猎赋》中同时提到了嗅阳和豹子:"蹈飞豹,羂嗅阳。"有人认为楚人最早祭祀的山鬼,可能就是嗅阳。屈原写山鬼出行,是"乘赤豹兮从文狸",也许他在雪峰山中隐居九年,曾经亲眼见过狒狒和花豹在林中跳跃、一闪而过的画面。

想想那么美丽多情的山鬼居然是山魈或狒狒……算了,还是不知道的好。

不过呢,生活在贵州梵净山的金丝猴冬日取松萝充饥,浪漫主义作者笔下美丽多情的山鬼"披薜荔兮带女萝",倒也出奇地一致。

露申

露申辛夷,死林薄兮。
——《九章·涉江》

林薄:丛生的草木。

  《涉江》是屈原在流放地溆浦写的,他在那里住了九年,精神极度困顿。

  这首诗虽然长,有六十句,但提到香草的只有一句:"露申辛夷,死林薄兮。"清代戴震说露申即申椒,"状若繁露,故名"。申椒前面《申椒与菌桂》篇里写过,申是重,申椒就是油腺重、芳香度高的好花椒。

  花椒结子如繁露,也极易缀露。我在云南西北部的哈巴雪山上见到村民种植的花椒,走过椒林,能闻到十分浓烈的花椒香味。山高云深,花椒上凝满了露水。哈巴雪山在丽江和香格里拉之间,海拔近五千四百米,哈巴村在半山腰上,云生脚底,雨从雪降,美名"云上哈巴"。花椒是哈巴村最重要的经济作物,是难得的上品。

"露申辛夷，死林薄兮。腥臊并御，芳不得薄兮"，这是说花椒和辛夷这样的香树花木本该茂盛生长，偏偏死在了山林里，这是因为恶臭之物被用，致使香木见弃。

上古之时，最主要的香料就是花椒和菌桂。菌桂产自两广，中原人不熟，花椒就常见得多了。中国有花椒三四十种，北起辽东，南至海南，东到东南沿海和台湾，西达西藏东南，均有分布。这么多花椒，有的蔓生攀缘，有的崖间倒悬，有的青粒，有的红颗，有的是大树，有的为灌木，各地皆有不同。古人也发现了这些椒树的异同，便有了椒、樧、蔌、檓等名字。但限于当时的条件，人们知其然而不知其所以然，于是编造神话，说它来历不凡，是天上的玉衡星散落人世，化为无数种花椒。

花椒非常香，行走在椒林之下，风过或是雨落，空气里都是花椒香。椒香提神醒脑，嗅之心宁气缓。古人取其辟味除秽，和在泥里，用来涂墙壁，一来驱虫，二来芳香，三来暖室。《汉官仪》中载："皇后称椒房，取其实蔓延盈升，以椒涂屋，亦取其温暖。"

在屈原的诗歌中，花椒的应用也和中原一样，用来涂壁暖房。《湘夫人》中，湘君为迎接湘夫人降临，忙忙地装饰房子："荪壁兮紫坛，播芳椒兮成堂。"菖蒲挂在墙，紫泥涂地上，花椒撒满华堂。

到了南北朝时期，南梁昭明太子萧统编诗文总集《文选》，收录宋玉《风赋》。唐代李善注释赋中的"新夷"时，引用了屈原《涉江》中的这句诗，写作"露甲新夷飞林薄"，把"露申"写成了"露甲"。

明朝嘉靖年间，杨慎不知怎么考证出露甲是瑞香花。他在《升庵文集》中说："瑞香花，即《楚辞》所谓露甲也。"因《文选》

瑞香

瑞香科瑞香属，常绿直立灌木。叶互生，长圆形或倒卵状椭圆形。花外面淡紫红色，内面肉红色，数朵至12朵组成顶生头状花序。果实红色。花期3—5月，果期7—8月。

香草美人 **九歌之音** 露申

明 孙克弘 绘

瑞香

和杨慎的影响力，露申先是变成了露甲，又变成了瑞香。清康熙年间，毕生研读《楚辞》的蒋骥就在其著作《山带阁注楚辞》中说："露申未详，或曰即瑞香花，亦名露甲。"现在凡注《楚辞》，有露申处，多注为瑞香。

瑞香之名，最早出自《清异录》。

> 庐山瑞香花，始缘一比丘昼寝磐石上，梦中闻花香烈酷不可名，既觉，寻香求之，因名睡香。四方奇之，谓为花中祥瑞，遂以瑞易睡。

这则故事说，有个住在庐山上的和尚，白天在一块大石头上睡觉，梦中闻到有浓郁花香，醒来后找到花树一株，命名为"睡香"，因是睡梦中所得。后来传出去，大家都觉得很神奇，是祥瑞的征兆，于是改称它为瑞香。

瑞香为常绿灌木，高仅三四尺，花如丁香，花瓣四枚，内白外紫，或内粉外紫红，十余朵花簇生植株中心的枝头，花香酷烈。瑞香从五代被发现，到宋朝时栽培渐多，有一种绿叶黄边的，名金边瑞香。南宋陈克有《九月瑞香盛开》诗："宣和殿里春风早，红锦薰笼二月时。流落人间真诧事，九秋风露却相宜。"瑞香花香浓郁，绿叶紫花，一向受人喜爱。春节时，瑞香花正好盛开，为年末岁初的嘉卉。九月瑞香花开，确实蛮值得惊讶的，诗人要写诗以记。

屈原的这首《涉江》，是已知最早的游记。

> 乘鄂渚而反顾兮，欸秋冬之绪风。
> 步余马兮山皋，邸余车兮方林。

他登上武昌西面的鄂渚，回看来时路，又骑马到了长江北岸的方林，弃车上船。

> 乘舲船余上沅兮，齐吴榜以击汰。
> 船容与而不进兮，淹回水而疑滞。

他乘船上溯沅江，一路向西南而行，水急浪高，漩涡不断，舟行艰难。船工虽喊着号子一起发力挥桨，也不能让船行得快一些。

> 朝发枉渚兮，夕宿辰阳。

晚上就停泊在枉水边上，次日朝发枉渚，前面就是后世的桃源，当时还没这个名字呢。再往南，便是辰溪，也就是屈原说的辰阳——这一段路俱是上行，滩多水急，不可能朝发枉渚，夕至辰阳，这是诗人的夸大之词。

> 入溆浦余儃佪兮，迷不知吾所如。
> 深林杳以冥冥兮，乃猿狖之所居。
> 山峻高而蔽日兮，下幽晦以多雨。
> 霰雪纷其无垠兮，云霏霏其承宇。
> 哀吾生之无乐兮，幽独处乎山中。

离开辰阳，船转向东行，进入溆水，再行便是溆浦。已是深山之中，山高林深，遮蔽太阳，山里传来猿猴的啼叫声，听上去十分凄惨，闻者无不心惊。深山之中天气变幻莫测，雨雪纷纷，彤云密布，天地一色，不见前路。

这一段路程行来千难万险，这是在战国晚期，距今两千多年，水路之曲折，航船之艰辛，想也想得到。1934年，沈从文先生从桃源买船入沅江，本来四天可到沅陵县，但遇上冬天下雪，实际上走了六天。

沈从文一路上都在写他在船上如何冷，想来屈原入溆浦，也是冷得船板结冰，才会有"下幽晦以多雨""霰雪纷其无垠"的描写，霰是雪珠，便是沈从文说的子子雪。沈从文在给张兆和的信中道"大雪遮盖了一切，连接了天地"，像用白描法，画出了沅江冬行图，又像是把远古的诗句化成了书信。只有在这样空灵孤寂的氛围，才会生出"哀吾生之无乐兮，幽独处乎山中"这样遗世独立的情绪，也才会有"固将愁苦而终穷"的誓言。

沿溆水往南上溯不远，就是雪峰山的主峰苏宝顶，海拔近两千米。溆浦这里有如此庞大的山脉、高峻的山峰、丰沛的水系，在两千余年前，该是怎样人迹罕至，即便是沈从文先生写《湘行散记》的年代，人烟也不如何稠密。屈原被放逐到这里，心情低落可想而知。

"接舆髡首兮，桑扈裸行。"他总不能真的像陆通（接舆）、子桑（桑扈）那样用剃发或者裸奔来发泄怨愤和不满，还得自己慢慢消化、平复情绪。他安慰自己道：我是深山里的芳椒和辛夷，就算枯死在楚山里，也会流芳百世。

后皇嘉树

后皇嘉树，橘徕服兮。

——《九章·橘颂》

后皇：天地。后，后土。皇，皇天。

嘉树：美树。

徕：同"来"。

服：习惯，适应。

　　《橘颂》是我能背下来的第一首楚辞，背诵时不到十岁。当时，电影院放香港影片《屈原》，学校包场，一看之下，记忆深刻。

　　影片里屈原有个侍女名叫婵娟。在剧中，婵娟坐在庭院里的橘树下弹琴，唱起这首《橘颂》，曲调悠扬动听，旋律简单好记。并且电影里把"兮"字的发音唱成"啊"，比较接近现代人的发音习惯。

　　"兮"为语气助词，相当于现在的"啊"。至于其读音，清代孔广森在《诗声类》里说"兮字亦当读阿"。范文澜先生说兮古音如侯，《史记》里载"高祖过沛，诗三侯之章"，三侯之章

香草美人

九歌之音

古名：**橘**

今名：柑橘

芸香科柑橘属，小乔木。花单生或2—3朵簇生，白色，有芳香。果实通常为扁圆形至近圆球形，果皮或薄而光滑，或厚而粗糙，淡黄色、朱红色或深红色。花期4—5月，果期10—12月。

后皇嘉树

就是传世的《大风歌》："大风起兮云飞扬。威加海内兮归故乡。安得猛士兮守四方。"诗中有三个兮字,故曰三侯。马王堆汉墓出土了两种《老子》帛书,里面的"兮"均作"呵",如"惚呵恍呵,中有象呵;恍呵惚呵,中有物呵"。

古人认为橘生南方,过淮变枳:"橘生淮南则为橘,生于淮北则为枳。"而屈原作《橘颂》,就以"受命不迁"为主题,说它生在南国,"深固难徙""独立不迁""淑离不淫",本性高贵,是有德君子的模样。屈原以橘自比,也确实做到了,最终也没有磨掉自己的棱角。

《山海经·中山经》中提到了橘、柚:"东北百里曰荆山……其木多松柏,其草多竹,多橘柚。"《尚书》中,橘和柚是贡品:"淮海惟扬州,厥包橘柚锡贡。"两湖自古就多橘柚,《吕氏春秋》曾夸赞说:"果之美者……江浦之橘,云梦之柚。"

当时,这种甜美馨香的南国水果进入中原,一定得到了北方人的喜爱。他们想引种到自家果园,是很自然的,但引种后获得的果子又酸又涩又小又硬,不堪食用。古人认为是水土不服,于是便有了橘生淮北为枳的结论。屈原说橘树"受命不迁""深固难徙",这不光是指它移种到北方会水土不服,更是说自己的信念如橘,不可改变。

关于橘生淮北为枳,唐朝陈藏器说江南有枳有橘,江北有枳无橘,可见橘和枳是两种植物,和水土没有关系。确实如此,橘为芸香科柑橘属小乔木,枳则为芸香科枳属。枳开花时,枝条上很少有叶,全是三四厘米长的尖刺,花瓣瘦窄,观赏性不高。橘开花时,满树的青枝绿叶和白花,光净润泽,花朵丰满,花瓣厚实;枝间即使有刺,也被浓密的叶子掩盖,基本看不见。但这些差别,

枳

芸香科枳属,小乔木。

在古人看来,成了水土不服而导致的"变",汁多味甜的橘子变成了干瘦酸涩的枳。

"万岭岷峨雪,千家橘柚川。"唐朝卢纶《送夔州班使君》中的这两句描写的正是屈原家乡的景色。橘柚向来并提,有橘的地方多半有柚。柚的花朵是白色的,也有淡紫红色的,七八朵至十几朵簇生,这让它和橘的区别非常明显。橘树是小乔木,在幼年期有灌木的形态;柚是乔木,树干可达数围,果实大如球。

"橘"字常被写作"桔"。"桔"字在《说文解字》里只有一个意思:桔梗。桔梗为很常见的植物,根细长而白,可用来做咸菜,花蓝紫色,碗状五裂,十分美丽。用"桔"字代替"橘",

日常随便用用没关系，正字应作"橘"。

我对《橘颂》印象深，还有另一个原因。家姊比我年长三岁，我上初中时她上高中。有一年学校文艺会演，她所在班级的文娱小组决定排练以《橘颂》为主题的舞蹈。舞是群舞，由六个女生出演。演出的那天，六个女孩子齐聚我家，由我母亲替她们化妆梳头。她们在家换好古装衣裙，交领曲裾，束腰长袖，仙女下凡一般；出发时外罩长衣，头蒙纱巾，做贼一般地溜过街道，到了学校。

风琴伴奏，女声独唱，曲声悠扬，只见幕布拉开，六个女孩子手举过头，长袖拂额，背对着观众上台，和动画片《大闹天宫》里奉王母娘娘之命去蟠桃园采摘仙桃的七仙女几无分别。白色带浅粉红的长袖衣裙满场飞舞，像一朵朵白色橘花。最后女声唱道："苏世独立，横而不流。秉德无私，参天地兮。"余音不绝，散入四周，台上女孩子们长袖舒展，腰肢婀娜，美如画卷。

谁谓荼苦,其甘如荠

故荼(tú)荠不同亩兮,兰茝(chǎi)幽而独芳。
——《九章·悲回风》

亩:田地。

从《橘颂》到《离骚》,屈原的二十五篇作品都在重复一个主题:横而不流,矢志不移。

从《离骚》里的芳草萋萋、芬芳馥郁,到《九章》最后一篇《悲回风》里平凡的野菜,植物作为屈原个人色彩浓烈的符号,出现在他的每一首诗里。从蘼芜到白芷,从兰到蕙,从菌桂到辛夷,从花椒到杜若,从菖蒲到薜荔……读者仿佛看到屈原和女嬃、湘君和湘夫人、大司命和少司命在花树芳草间歌唱应答、翩翩起舞。愁苦也好,深情也好,悲伤也好,绝望也好,每一种场景下,几乎都可以看到"公子王孙芳树下,清歌妙舞落花前"这样曼妙的诗意空间。

他把香草和芳树一网打尽,最后把苦菜和荠菜都写了进来。如此平凡的野菜,他也要分成不同的阵营:"荼荠不同亩。"说他有道德洁癖，是一点不为过的。

荼是苦菜，一听这名字就知道味道清苦。荠是荠菜，"谁谓荼苦，其甘如荠"，和苦菜比起来，荠菜都算甘甜了。初春的时候，荠菜叶肥茎嫩，有独特的香味。

荠菜在本地不是野菜，是大棚里常年种植的新鲜蔬菜，什么时候想吃荠菜馄饨了，就去市场。我小时候在野地里挑荠菜的时候，看见和荠菜十分相似的野菜，比荠菜更大更壮，叶片展开呈辐射状，十分整齐，就会惊呼："看，这么大一棵。"大人会说别挖那个，那是苦菜。

苦菜和荠菜很相似，因此屈原才会把两者放在一些。在许多地方，苦菜也是蔬菜，市场上同样有卖。看屈原的描述，"荼荠不同亩"，亩是田亩，经过人工开垦、丈量、耕耘过的熟土才可称亩，可见在战国末年，这两样野菜早就栽培归化，是日常食用的菜蔬了。

周朝的先民早就在吃苦菜和荠菜了。"谁谓荼苦，其甘如荠"是《诗经·邶风·谷风》里的句子。甚至，周朝人吃苦菜也许还要早过吃荠菜，在创作时间早于《谷风》的《大雅·绵》中就有"周原膴膴，堇荼如饴"的赞美了，意思是周原之地肥沃，堇菜和苦菜甘美如饴糖。

古人说的苦菜，大致为菊科苦苣菜属或苦荬菜属植物。常见的中华苦荬菜、苦荬菜、苦苣菜都有可能是古人说的"荼"。除了荼之外，《诗经》里也把苦菜叫作苦，《唐风·采苓》云："采苦采苦，首阳之下。"陆玑在《毛诗草木鸟兽虫鱼疏》中说，苦菜"生山田及泽中，得霜甜脆而美"。霜打过的菜甜，是因为蔬菜中的水分遇冷之后结冰，为了抵抗低温，植物会把茎叶里的淀粉质转化为糖，含糖量增加，水就不易凝结。因此古人说荼甘如荠，

香草美人

九歌之音

古名：**荠**

今名：荠

十字花科荠属，一年或二年生草本。基生叶丛生呈莲座状，大头羽状分裂。总状花序顶生及腋生，花白色。短角果倒三角形或倒心状三角形。花果期4—6月。

谁谓荼苦，其甘如荠

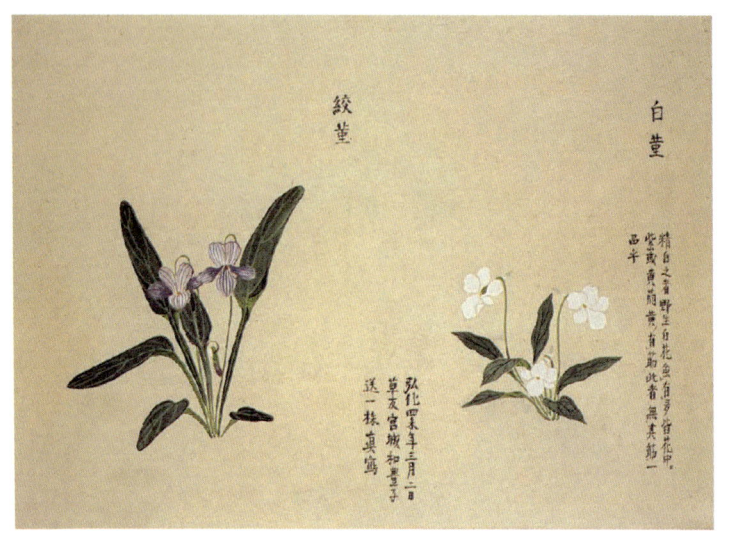

堇菜

堇菜为堇菜科堇菜属植物的统称。

大约是霜冻后的苦菜。

在周朝人的食单中,苦菜占有一席之地。《礼记·内则》中说:"濡豚,包苦实蓼。"濡通胹,意思是煮熟、煮烂。"包苦实蓼",也许是将煮熟的猪肉切成块或片,放上水蓼,用苦菜裹着吃,类似韩国烤肉的吃法——烤好的肉蘸酱,再用生菜包好食用;或者是将猪肚里填上水蓼煮熟,再切开,用苦菜叶子包裹食用。

水蓼又叫辣蓼,有辛辣味,在辣椒传入国内之前,是去除动物性原料腥气膻味的佐料。周人用水蓼极多,烹饪猪肉、鸡、鱼,还有鳖都会用到。古代立春和元旦必备五辛盘,将五种带辛辣味道的蔬菜盛放盘中供食用,水蓼是五辛之一。

香草美人

九歌之音

古名：荼

今名：苦荬菜

菊科苦荬菜属，一年生草本。基生叶线形或线状披针形，中下部茎叶披针形或线形，基部箭头状半抱茎。头状花序多数，在茎枝顶端排成伞房状花序。舌状小花黄色，极少白色。花果期3—6月。

谁谓荼苦，其甘如荠

我们一直在吃的菊科蔬菜有菊花脑、蒲公英、菊苣、苦菊、茼蒿、鼠麴草、莴笋等，菊科植物普遍有清苦味，习惯之后会很喜欢。苦菜也不例外。荠菜则是十字花科，这一科被人们戏称为菜科。油菜、白菜、青菜、芥菜、苤蓝、萝卜、芜菁、甘蓝、豆瓣菜等蔬菜均来自十字花科。

荠菜是我们最熟悉的蔬菜之一，一说荠，就会想到包饺子馄饨、炒冬笋拌香干，或者做个荠菜豆腐羹，碧绿生青，清香滑美。苏轼这个老饕，对这样的美味自然不会放过。有一回他吃了荠菜，写信给朋友说："今日食荠极美……天然之珍，虽不甘于五味，而有味外之美。"

远古的蔬菜在经过漫长的栽培和选育之后，变成了作物，味道也许早就不一样了。比如现在一说大白菜，必定搬出"岁末晚菘"来讲，说晚菘就是初冬的白菜。但古时白菜之所以得名菘，是因为植株松散，并不像现在这样包得紧紧的。

荠菜却不一样，大棚里种植出来的荠菜和野生的相比，除了水嫩一点，口味上几乎没有差别。宋朝的荠菜和现在的，味道不会相差太多。

招魂怀思

柘浆

胹_{ér}鳖炮_{páo}羔，有柘浆_{zhè}些。

——《招魂》

胹：煮。

炮：烧烤。

羔：小羊。

　　这篇《招魂》，按司马迁的说法是屈原写的，招的是楚怀王的魂。楚怀王背齐投秦，和秦翻脸后三战皆败，于武关被扣押，三年不获放归，逃走后奔赵被拒，奔魏被捉，最终死在秦国。秦国把怀王遗体送还楚国，"楚人皆怜之，如悲亲戚"（《史记》），于是屈原作《招魂》。

　　但王逸不同意，认为是宋玉的作品，招的是屈原的魂。宋玉怜悯屈原无罪遭放逐，投水而亡，尸骨无存，怕他的魂魄离散，无法复还，按照楚国的风俗，伪托帝命，假借巫语，以辞招魂。

　　招魂的仪式是主祭人携带故去之人的衣服登上其居室的屋顶，向北呼号，唤其姓名，招魂归来；挥衣三次，然后将衣服覆盖在尸体上。这个仪式就叫"复"。招魂复魄，是用一种敬爱的心情祈祷故去之人可以复生；如果不能复生，再行死事，掘圹筑坟，埋棺封土。屈原《湘夫人》说"捐余袂兮江中，遗余褋兮澧浦"，就像是在江边举行的招魂仪式，把故去之人的衣服放在水中，是在水中招其魂。

《招魂》虽长，意思却不复杂，先讲招魂的原因，再讲巫师招魂，劝诫亡者的魂魄说，东南西北、天上地下均险恶，而故居精美华丽，花园香草绮靡，服侍的美人是各国佳丽，守卫的武士衣裳华贵，酒席上备有美食和美酒、音乐和舞蹈，何不归来？魂兮归来，美丽的江南才是你的故乡。

有学者认为，所谓"招魂"，并不是来自屈原或宋玉的个人哀悼，而是一场举行于春天的官方仪式典礼，最后以盛大的狩猎活动结束。也有学者认为，这是屈原的心理活动，他是在用文字招自己的魂，因长年流放在外，加之年事已高，他对此生能不能回到家乡和故居产生了不确定的想法。

诗里把当时人能想象得到的世间的美好生活描绘了一遍，精美的陈设，幽静的花园，列国的美女，香艳的卧室，丰富的食物和美酒……这些都唤不回那即将远去的灵魂吗？

"胹鳖炮羔，有柘浆些。"柘通蔗，指甘蔗。甘蔗水分多，榨出汁就是甘蔗汁，纯甜而香，无异味。生肉本身没有香味，把甘蔗汁涂在肉上，放火上加热，美拉德反应导致非酶褐变现象，改变食物的颜色，糖变成焦糖，再与肉类里的蛋白质相互作用，产生香气。这种香气几乎无人可以抵挡。

金庸小说《天龙八部》中，段誉在无锡的街头信步而行，突然间闻到一股香气，是焦糖、酱油混着熟肉的气味，于是上了松

香草美人

招魂怀思

古名：柘

今名：甘蔗

禾本科甘蔗属，多年生高大实心草本。根状茎粗壮发达。秆高数米，具20—40节。叶鞘长于节间，叶片长达1米。茎秆为重要的制糖原料。

柘浆

鹤楼，见到了金庸武侠世界的第一豪客萧峰，江湖多少风云，俱从此处展开。焦糖、酱油和熟肉，又是在无锡这个以菜甜闻名的城市，估计是红烧肉、樱桃肉、无锡酱排骨这样的菜式，那可真是把中餐中的美拉德反应发挥至化境的一类美食。

《招魂》里的甘蔗汁是放在炮羊（炮羔）的环节里，而不是和后面的"瑶浆蜜勺""挫糟冻饮"放在一起，可见不是饮品，是烤肉的佐料。古人虽然不知道烤肉刷糖会产生美妙无比的美拉德反应，但在实际生活中总结出了经验，并且记录了下来。

楚国是战国时代合并小国最多的南方国家。公元前306年，楚灭越，楚国把东边的国境线推至齐国，到了山东南部，西边到了与秦交界的陕西南部，南边直达大庾岭，南方的作物如甘蔗等已是本国的物产，运到郢都不算太难。

甘蔗，《招魂》里称为柘，东汉张衡《南都赋》写作薯蔗，晋代嵇含《南方草木状》称诸蔗、甘蔗。《招魂》是目前能见到的最早记录甘蔗的文献。

嵇含对甘蔗的描述十分细致精确。

> 诸蔗，一曰甘蔗，交趾所生者，围数寸，长丈余，颇似竹。断而食之，甚甘。笮取其汁，曝数日成饴，入口消释，彼人谓之石蜜。
>
> ——晋·嵇含《南方草木状》

西晋人虞溥所著《江表传》中记载了一则和甘蔗有关的故事：吴帝孙亮一日想吃交州献的甘蔗饧，命宦官拿着带盖的银碗到掌管仓库的中藏吏那儿取。宦官和中藏吏有过节，偷偷把老鼠屎放在甘蔗饧中，诬陷他做事不谨慎，让老鼠在仓库肆虐，以致污了贡品。

孙亮吃的甘蔗饧正好印证了《南方草木状》里的说法，甘蔗榨汁，曝晒数日后水分蒸发，浓缩成半流质的饴糖。现在我们在街边买杯现榨甘蔗汁不过几块钱，但在三国时，甘蔗饧是贡品，要用带盖子的银碗盛装，可见其珍贵。

唐朝人嗜甜。壁画中的仕女从初唐时的纤细变为盛唐时的丰满，显示了国家的强盛。只有社会安定、物产丰富，才会有大量的肉食和甜食出现。唐朝人吃樱桃都要加蔗浆，甜上加甜，"蔗浆自透银杯冷，朱实相辉玉碗红"（唐·韩偓《恩赐樱桃分寄朝士》）。唐太宗派遣使者到摩揭陀国（位于印度）获取熬糖法，在扬州建制糖作坊，制作出的糖"色味愈西域远甚"，称糖霜或糖冰。

宋朝王灼著《糖霜谱》，记录了糖霜的制作方法。书中说糖霜颜色以紫色为上，深琥珀次之，浅黄色又次之，浅白为下。苏轼有诗说"冰盘荐琥珀，何似糖霜美"，可见琥珀色的糖霜甚美。

凝结糖霜的过程，化学名称叫结晶，简单说就是热的饱和溶液冷却后，溶质以晶体的形式析出。当时的人一定觉得这个过程很神奇，有人写诗说："不待千年成琥珀，真疑六月冻琼浆。"杨万里也写诗以记："亦非崖蜜亦非饧，青女吹霜冻作冰。"这事情太神奇，让他想到了天上的青女。

魂来枫林青

> 湛湛江水兮上有枫，目极千里兮伤春心。
> ——《招魂》

湛湛：清澈。

　　《招魂》最后一句道："湛湛江水兮上有枫，目极千里兮伤春心。魂兮归来哀江南。"那时说的江南，是长江中游以南的湖湘一带。《招魂》里的江南，是荆楚大地，诗招的是楚怀王之魂。

　　这是诗词中首次出现枫。枫这种树，国人甚为熟悉。幼儿发蒙，多从背诵唐诗绝句开始，"月落乌啼霜满天，江枫渔火对愁眠"，浅白清脆，朗朗上口。"江枫"二字，看似简单，却是唐人从佶屈聱牙的楚辞中提炼出来的诗眼：湛湛江水，浸润枫树，使之茂盛，春来一片青绿。

　　文化自有脉络，诗词每有典故。古往今来，这片土地上的人都读一样的书，写一样的字，体会一样的情感，写作者和读者有共识，有共鸣。提到"江枫"，哀怨自起，因为知道出自《招魂》；悲伤况味马上被从记忆库里调动出来，脑中便有了画面，只这两字，

香草美人

招魂怀思

古名：**枫**

今名：枫香树

金缕梅科枫香树属，落叶乔木，高达30米。树皮灰褐色，方块状剥落。叶薄革质，阔卵形，掌状3裂。短穗状雄花序多个排成总状，头状雌花序具花24—43朵。头状果序球形，木质。

魂来枫林青

便可化出一篇春江歌行来:"白云一片去悠悠,青枫浦上不胜愁。"魂兮归来,江南之地如此美丽,这是你的故土、你的故国。此时的江枫是青枫。

到了秋天,枫叶始红,江枫改称丹枫。还是那个江南,还是那片故土,"吴洲复白云,楚水飘丹枫"。如果你的船此时停泊在姑苏城外,夜已半,钟声起,极目所见是岸上的丹枫,此时的你吟咏的是千年前的唐人诗句"江枫渔火对愁眠",而那个唐朝人吟咏的也许是早于他的时代千年的辞赋:"湛湛江水兮上有枫。"两千年的文化沉淀和积累,造就了人们共通的感性和深情,一个"江枫",便承载了两千年的历史。

枫字从木风声。枫之得名,是因它"厚叶弱枝,善摇"(《说文解字》),以致迎风则鸣。枫树自带风声,充满了呜咽之音。枫树一名欇欇(《尔雅》),也是从风动树叶之声而来。欇字中有"聂","聂"的本义是附耳私语,风吹枫树,簌簌作响,仿佛有人在林间低语。

传说黄帝杀蚩尤于黎山之丘,掷其械于大荒之中、宋山之上,其械化为枫木之林。械是拘囚犯人的刑具,也称桎梏,在足曰桎,在手曰梏。《山海经·南荒经》云:

  有宋山者,木生山上,名曰枫木。枫木,蚩尤所弃其桎梏,是谓枫木。

想来蚩尤战败,九黎部族心有不甘,便让枫树为之哭,为之起悲风。古人在那么多的树中独独选中了枫树,恐怕也是看中了它的悲鸣之声。宋玉写《招魂》以江枫结尾,自是他的首创,但源头仍在《山海经》里。大家作赋,触景生情,灵光一现,信手拈来，江上青枫，借宋玉之笔，风流千古。这是枫与魂的传说的开始。江水湛湛，白云悠悠，风声飒飒，枫叶橚橚，还在讲述它与魂的故事。

到了六朝，有一本书叫《十洲记》，伪托为西汉东方朔所作。书里说西海之中有十个洲岛，其中一个叫聚窟洲，洲上生树，形如枫木，花叶皆香，香传数百里，名返魂树；取返魂树根心煎汁为丸，名曰"却死香"，死者在地，闻气便活。《红楼梦》中宝玉祭奠晴雯，作《芙蓉女儿诔》，中有"洲迷聚窟，何来却死之香"一句，便是用的这个典故。

"却死香"也不是完全凭空想出。枫树有脂，凝结为胶，状如珍珠，色如琥珀，焚烧时有香传出，名枫脂香，又名白胶香。将枫脂香研而为末，烧制成灰，和水服下，可治咯血之症。枫树有胶，当时的人都知道，庾信诗句"古槐时变火，枯枫乍落胶"可证。

从蚩尤死后桎梏化枫，到《招魂》的江上青枫，再到形如枫木的返魂树、化自枫脂的"却死香"，历代文人在有意无意的想象和创作之中，一点一点，一笔一笔，一层一层，把枫与魂的关联不断明晰化。到了唐朝，枫树，尤其是"青枫"，便和鬼魂纠缠不清了。

> 故人入我梦，明我长相忆。
> 君今在罗网，何以有羽翼。
> 恐非平生魂，路远不可测。
> 魂来枫林青，魂返关塞黑。
>
> ——唐·杜甫《梦李白》

杜甫听说李白被发配夜郎，那边是瘴疠之地，李白一去，久

香草美人

招魂怀思

魂来枫林青

无消息。一天晚上,他梦见了李白。李白入梦,那一定是知道自己在想他呀。但他又怕这不是李白的生魄,因为夜郎离他当时住的关陇实在太远了,李白又身陷罗网之中,哪里有羽翼能飞越关山,来到他的梦中呢?他怀疑那是李白的鬼魂。"魂来枫林青,魂返关塞黑"是想象魂来魂去,正是半信半疑之中、亦真亦幻之时。

古时墓地常植白杨、青枫。杨衡《哭李象》诗写墓上青枫:"忆君思君独不眠,夜寒月照青枫树。"白居易《过颜处士墓》写坟边白杨:"长夜肯教黄壤晓,悲风不许白杨春。"青枫、白杨就像墓道边的翁仲,左右对立。

唐代志怪故事集《博异记》中记载了一则"巴陵馆鬼"的故事。巴陵江岸有一古馆,馆有一厅,多见怪物,闭锁已有十年。一天有人借宿馆中,晚上听见厅内有两人对话,说了一会儿话,又唱起歌来,歌毕又吟诗,声音听上去甚是酸楚。第二天一早,这个人打开厅门,见柱上有诗一首,墨色甚新,便知是夜间说话的人所写。诗曰:"爷娘送我青枫根,不记青枫几回落。当时手刺衣上花,今日为灰不堪著。"这位巴陵馆鬼坟头上的青枫红了又青,青了又红,已经不知几回寒暑,棺中的绣花衣裳早已化成了灰。

一直到《红楼梦》的时代,白杨、青枫仍然吟唱着悲歌,《虚花悟》写道:"白杨村里人呜咽,青枫林下鬼吟哦。"青枫和白杨一样,充满了哀伤的气息。

但所谓青枫幽魂,都是纸上烟云、鬼话梦语,文人圈里自己写朋友看。在民间,青枫从书斋落到灶头,别有一番功用。唐朝时寒食节后用青枫钻火,南方的两广地区则用枫叶染饭。

明末清初广东人屈大均著《广东新语》上载:"西宁之俗,岁三月,以青枫、乌桕嫩叶,浸之信宿,以其胶液和糯蒸为饭,色黑而香。枫一名乌饭木，故用之以相饷。"屈大均说的西宁，现名郁南县，隶属广东云浮市。而当时在广东南雄，寒食前后，妇女相约上坟，以乌糯饭祭墓。现在的江南地区四月初八也要蒸乌米饭，不过用的是杜鹃花科的乌饭树叶子。四月初八是浴佛节，以此作供。

古人之所以常把枫树和鬼魂联系在一起，大约还有另外一个原因。枫树长寿，树老便有瘿瘤，有的瘿瘤状如人脸，须眉宛然。古人称这种老枫树为枫子鬼，又名灵枫。

现在常说的枫为槭树科乔木，如元宝槭、鸡爪槭、三角槭等。古时的枫是金缕梅科枫香树。因其树脂焚烧时有香气，故名枫香。枫香树生秦岭黄河以南，长江以南尤为常见，经霜之后树叶转为红色，故有"丹枫"之称。唐人张继看到的正是丹枫，"月落乌啼霜满天"暗示时已深秋。

枫香花期极短，花不甚可观，形如杨梅，小如弹丸，没有可赏的花瓣，只有浅红色的花丝，短而卷曲。

枫香树的果实和栗子壳有些相似，壳上密生针刺，成熟后掉在地上，外壳脱落，里面的果核露出来，有许多孔隙，像个蜂巢。清代《本草纲目拾遗》将其收录，名"路路通"，可焚烧散香，熏衣辟瘴。这个果核圆圆的，有一定硬度，又有果柄，乡村老妇在果核上贴金箔为首饰，插在头上，说是可以明目。至今西南地区的少数民族妇女仍袭此风，不过是把金箔换成红绿绒线，镶在孔隙里，便是一个绒线彩球。

大明万历年间，范仲淹的第十七世孙范允临在福建任职，回来时带了380棵枫香树苗，植于姑苏城外天平山上，到今天尚存活的有170余株。自他之后，历代都有补种。秋来天平山上一片酡红，秋林尽醉。秋登天平赏红叶，是苏州盛事。

荆楚犹古风

自恣荆楚，安以定只。

——《大招》

自恣：自由肆意。

荆楚：指楚国。

　　这篇《大招》原本也叫《招魂》，后人为了区别同名的两篇，分别命名为《大招》和《小招》。《大招》的作者，有说是屈原的，有说是景差的，不能确定。

　　更多的人认为《大招》是汉人的仿作，有地理名词为证：诗中有一句为"北至幽陵，南交阯只"，而把交趾收入版图，要等到汉武帝征伐南越国之后。

　　《大招》从结构到内容，和《招魂》差不多，先对魂魄说"魂魄归徕"，然后说明原因，东南西北都不要去，那里有妖魔鬼怪、炎火流沙、寒山雪地等等，太不宜居，只有你的家乡才是天下最美的地方。美在哪里呢？这里有美食、华筵、音乐、舞蹈，以及无数美女，个个都朱唇皓齿、丰肉微骨、小腰秀颈、粉白黛黑。

香草美人

招魂怀思

古名：荆、楚

今名：牡荆

马鞭草科牡荆属，灌木或小乔木。小枝四棱形。叶对生，掌状复叶，边缘有粗锯齿。圆锥花序顶生，花淡紫色。花期6—7月，果期8—11月。

荆楚犹古风

作者耽于肉欲享受，有美食，"咨所尝只"；有美女，"咨所便只"。王逸《楚辞章句》说此文"言楚国珍奇所聚积，尤多妖女，可以快志意，穷情欲，心得意，安乐而无忧也"。套用熟悉的成语，就是穷奢极欲、酒池肉林。然而，享乐主义从来不是屈原的风格，乃是他的偶像比干的敌人纣王的糜烂生活方式，篇中描写，与屈原的追求背道而驰。

《大招》的开头十分华美，简直可以看成春神句芒的咏叹调。

青春受谢，白日昭只。
春气奋发，万物遽只。
冥凌浃行，魂无逃只。
魂魄归徕！无远遥只。

意思是冬去春来，太阳高照，春气奋发，万物蓬勃生长，北方之神(冥凌)仓皇而逃。魂兮归来啊，不要再去别的地方流浪漂泊；魂啊回来吧，回到你熟悉的荆楚大地来。

荆楚，楚就是荆，荆就是楚。荆和楚的本义是一种树。宋罗愿《尔雅翼》中道："楚者，楚地所出，其一名荆，故楚国人春秋称荆，其后称楚。而荆州亦以此木得名也。"在古老的年代，荆楚大地上一定是长满了荆，以致聚集在这里的先民们用这种遍生乡土的植物作地名、国名。

荆这种植物倒不是非荆楚大地不生，《诗经》中屡见不鲜，《召南·汉广》里是"言刈其楚"，《郑风·扬之水》里有"不流束楚"，《唐风·绸缪》里是"绸缪束楚"，从汉中平原到唐国三晋都有荆。

当年楚国始封君熊绎受封于周成王，封地在荆山一带。《诗经·商颂·殷武》中讲了这段历史:"维女荆楚,居国南乡。"意思是楚国在荆州之域,居中国之南方。这个地方,千山万壑,百川千湖,有云梦泽,有洞庭湖,泥泞卑湿,野兽横行,到了民国,还被外界称为蛮峒。当时的周人称楚人为荆蛮。

说起荆,除了"披荆斩棘""荆棘遍地",还有"荆条""荆棍""黄荆棍下出孝子"。在过去,荆除了作为柴用来烧火煮饭,因其枝条柔软结实,也用来打人。

负荆请罪的故事尽人皆知,赵国的廉颇老将军因误会了丞相蔺相如,肉袒负荆,到蔺相如家里请他动手鞭挞自己。廉颇负的荆,就是荆条。因荆楚是刑具,"痛楚""苦楚""辛楚"等词,都与疼痛相关。

除了"负荆请罪"这个成语,民间还有一句俗语与荆条打人有关:"棍棒底下出孝子,黄荆条下出好人。"过去有些家长教育孩子,不讲究言传身教、以理服人,而是一句话不对,抬手就打,手边有什么荆条扫帚、拖鞋衣架、鸡毛掸子、戒尺藤条,抄起来就是一顿猛揍。

"荆"不止一种,常见的是黄荆,果实为黄色,故得此名。除了黄荆,各地还有许多别的"荆",如牡荆、蔓荆、荆条、小叶荆等,它们都是黄荆的变种,也可都看成黄荆。

荆的花虽然小,但颜色很好看,或为浅蓝,或为蓝紫、紫红。花序成穗,密密长长一大串。花从花序的下端开起,慢慢开到顶部,花期可长达一个月以上。在古代,少有人把它视为观赏花木,但苏轼眉山老宅的庭院里就有一棵黄荆树。

眉州三苏祠的古井旁,有一棵粗壮黄荆,相传是苏洵所植。二十世纪八十年代,此树枝枯叶萎,后来经树木专家维护诊治,九十年代从根部发出三根旁枝,这些年重新繁茂起来。苏洵幼时不爱读书,到二十七岁才想起来要发愤苦读。两个儿子苏轼、苏辙小时候也很顽皮。苏轼自己说"我时与子皆儿童,狂走从人觅梨栗",摘邻居家果子追巷中鸡狗的事情可能没少干。当时苏洵游历在外,操持井臼、管教儿子的事就由程夫人一人承担。万一邻居大婶来告状,恐怕程夫人发起怒来,也会对儿子说:"你们两个再这样胡闹,小心我动用院子里黄荆条。"

细雨新蔬采马兰

蓬艾亲入御于床笫兮,马兰踸踔而日加。
——《七谏·怨世》

御:用。
笫:竹编的席子。
踸踔:跳跃而行,形容小人得志之态。

东方朔在汉代的楚辞作家群里比较有名,相比他杰出的辞赋文采,后世更津津乐道的是他的博学多识、诙谐幽默。东方朔的形象是在东汉文人的笔下丰满起来的,他们把东方朔的本事大事夸张,让他上天入地,无所不能,就快成仙了。

东汉文人最爱编派汉武帝故事,志怪传奇中凡有武帝出现,旁边必然配上一个东方朔。最著名的莫过于东方朔偷桃的故事。西王母请武帝赴宴,席上有仙桃,三千年一熟,武帝正端详赞叹间,窗口探出东方朔的脸。西王母笑指着东方朔对武帝说,这个人来这里偷桃,三次而不得。到底是大汉帝国的君王,招待规格比较高,有仙桃品尝。但武帝也不过去赴了一次宴,东方朔可早就混得熟门熟路了。

一回，有一只青鸟从西方飞来，武帝就问东方朔这鸟是什么来头。东方朔说这是西王母的使者，西王母就要来了。果然过了一会儿，两只青鸟就簇拥着西王母来了。

东汉文人把东方朔写得简直像是西王母在人间的代理人、武帝和仙界的使者。武帝一生求仙，没有东方朔那是万万不能。有一回，他听西王母说海上有十洲，又去问东方朔。东方朔于是把十洲的特产都讲了一遍。最令人称奇的是，聚窟洲上有返魂树，采木根心熬煮，可得"却死香"，香飘百里，死人闻香即可复活。而武帝思念李夫人，也是东方朔献上怀梦草，武帝藏在怀中，佳人魂魄即来入梦。

东方朔性格诙谐，言词敏捷，滑稽多智，武帝很喜欢，先是任命他为随从郎官，后又任为太中大夫。这官职听上去不错，其实是个闲散言官。

东方朔以诙谐成名，也被诙谐所误，一旦被武帝定了位，"搞笑艺人"这个标签就撕不下来了。就算在武帝跟前直言切谏，也是一边切谏一边又在谈笑，"笑果"是有了，效果就不会明显了。武帝始终当他是个俳优，东方朔也就一直郁郁不得志。武帝要建上林苑，东方朔说这是上乏国家之用，下夺农桑之业。武帝听了自然不高兴，对他很是冷淡。东方朔灰心丧气，就借用屈原的口气，写了《七谏》组诗。

《七谏》共有七篇，为《初放》《沉江》《怨世》《怨思》《自悲》《哀命》《谬谏》，这七篇的篇目几乎可以串起屈原的后半生。

第三篇《怨世》写道：

香草美人 | 招魂怀思

古名：马兰

今名：马兰

菊科马兰属，多年生草本。茎直立。春末至深秋开花，头状花序，舌状花浅紫色。花期5—9月，果期8—10月。嫩叶可为蔬，称马兰头。

细雨新蔬采马兰

> 枭鸮既以成群兮，玄鹤弭翼而屏移。
> 蓬艾亲入御于床笫兮，马兰踸踔而日加。
> 弃捐药芷与杜衡兮，余奈世之不知芳何？

东方朔仿佛屈原附身，说凶残之辈结党横行，高洁君子悄然退隐。蓬蒿侵入屋宇寝室，马兰疯长茂盛盈门。白芷、杜衡被抛弃，他只能叹息世人不识香草。

在屈原眼里，艾草蓬蒿是臭草，于是东方朔有样学样，也把马兰斥为小人。其实马兰得一兰字，泽兰、佩兰是香草，马兰怎么就成了恶草呢？

马兰之名，便是从兰草而来。明李时珍《本草纲目》讲马兰之得名，是因为"其叶似兰而大"，而"俗称物之大者为马也"。

马兰一名紫菊，秋天开粉紫色小花，非常清雅秀气。马兰开花的季节，我经常采一束来插在小花瓶里，放在案头。这种粉紫，通常呼为雪青。若论颜值，马兰的花比兰草的花漂亮太多。兰草的花像小毛球，马兰的花是碟状小菊花，颜色更是清透悦目。要说它有什么地方比不上兰草，也就输它一股香气了。兰草很香，马兰基本没有气味。

马兰在民间别名很多，如田边菊、路边菊等等，最奇怪的是鱼鳅串，多见于西南。鱼鳅即泥鳅，我猜这个名字可能是形容马兰易生易活，根状茎上的匍枝蔓延布地，便如泥鳅一样在地下钻来蹿去。春天得雨水之后，马兰暴长，转眼便是一大丛，茎壮叶肥，可掐下半尺为蔬。

江南人称初春的马兰为马兰头，是时鲜蔬菜。清明踏青，一家人最爱的就是去野地挖马兰头。马兰头入馔应该相当早，南朝人沈炯有诗云"马兰方远摘,羊负始春栽",马兰是马兰头,羊负是羊负来,即苍耳;马兰头是菜,苍耳子可榨油。

宋人有不少诗写到了马兰入馔。赵蕃自桃川至辰州,路上就吃过:"脱粟粗供朝暮餐,也求鱼菜强充盘。鱼今绝市菜无有,欲问居人啖马兰。"粗茶淡饭,没有鱼没有菜,有马兰为蔬也将就。高翥写朋友还乡归山,正值故园春回:"马兰旋摘和菘煮,枸杞新生傍菊栽。"马兰头、枸杞头都是初春的新鲜野菜,回家就有的吃,想想都幸福。

初春的时候,各地野菜上市,北方有早开堇菜、榆钱、香椿芽等,江南是荠菜、马兰头、枸杞藤等。荠菜春秋冬三季都有,不算稀罕,马兰头和枸杞藤是和春雨一起萌动的时新菜,最是清鲜可人。马兰头做法也简单:洗净焯水,挤干切细,拌香干或素鸡,只放盐和芝麻油,或加少许虾皮;做馅也可以,包饺子、馄饨、包子、春卷、汤圆等等,无一不美。

袁枚的做法略有不同,他用马兰拌笋尖,加的是醋,说吃了油腻之后食之,可以醒脾。

"马兰"也指马蔺。尤其是"马兰花"这个名词,只指马蔺,而非马兰。二十世纪六十年代有一部电影叫《马兰花》,里面召唤马兰花开花的口诀是:"马兰花,马兰花,风吹雨打都不怕。勤劳的人们在说话,请你马上就开花。"因电影的影响,很多人都知道马兰花。电影里的马兰花就是马蔺,也就是古书中的"荔"。

款冬苦寒，蜂斗叩冰

款冬而生兮，凋彼叶柯。

——《九怀·株昭》

柯：草木的枝茎。

王褒的《九怀·株昭》和东方朔的《七谏·谬谏》十分相似，《谬谏》里有"玉与石其同匮""和抱璞而泣血"，《株昭》就有"瓦砾进宝兮，捐弃随和"；《谬谏》里有"却骐骥而不乘""驾蹇驴而无策"，《株昭》就有"骥垂两耳""蹇驴服驾"；《谬谏》里有"铅刀进御兮，遥弃太阿"，《株昭》就有"铅刀厉御兮，顿弃太阿"；《谬谏》里有"拔搴玄芝兮，列树芋荷"，《株昭》就有"款冬而生兮，凋彼叶柯"。

王褒的生平很简单，他没经历过什么大的磨难挫折。他小时候在家乡饱读诗书，长大后游历成都、都江堰，结交蜀中文人；几篇辞赋传出去，马上得到益州刺史的赏识，被举荐给汉宣帝。宣帝正好要恢复武帝时辞赋的辉煌，征召了一批有学识的文士，对王褒的才华也颇看重，后擢升他为谏议大夫。按说仕途这么顺遂，

款冬

菊科款冬属，多年生草本。根状茎横生地下，褐色。早春抽出数枝花茎，高5—10厘米，密被白色茸毛。头状花序单生顶端。舌状花黄色。

香草美人

招魂怀思

款冬苦寒，蜂斗叩冰

蜂斗菜

他不该心有怨恨,但《九怀》颇多感叹之辞。

他在《株昭》中写道,看见雪地里款冬发芽,就知道北风凋零了所有的花;看见瓦砾受重视,就想起随侯珠、和氏璧的悲惨身世;以铅铸刀,必然就有太阿宝剑见弃;良骥失意,必然有蹇驴进御;修洁之士受冷落,一定是谄媚之人得到了重用;凤凰不能高飞,那是因为鹌鹑占领了天空。

款冬不怕冷,冬季于雪下发芽,芽为肉质,长至三四寸即开花,先花后叶;又有"款冻"之名,看上去就很耐冻。唐初颜师古说:"款东即款冬,亦曰款冻,以其凌寒叩冰而生,故为此名。"凌寒叩冰,发芽开花,多么坚韧不拔。

古名：**款冬**

今名：蜂斗菜

菊科蜂斗菜属，多年生草本。雌雄异株。雄株花黄白色，花茎在花后高10—30厘米。叶片圆形或肾状圆形。雌株花茎高15—20厘米，在花后常伸长，高近70厘米。雌株花初开浅紫红色，后为白色。花期4—5月，果期6月。

香草美人

招魂怀思

款冬苦寒，蜂斗叩冰

对不怕冻的植物，国人一向是比较敬佩的，咏物抒怀，由物及人，不免溢美。西晋傅咸就赞其志坚守操，不与百花同芳：

以坚冰为膏壤，吸霜雪以自濡。非天然之真贵，曷能弥寒暑而不渝！

——晋·傅咸《款冬花赋》

他说款冬以坚冰为土壤，吸霜雪而自濡，如果不是天性高贵，怎么能有这样的节操呢？

但比他更早的古人则不这样想，他们觉得款冬岁寒而生，凛冬犹发，喜阴背阳，是阴生之物，对它不甚喜欢。王褒的这句"款冬而生兮，凋彼叶柯"，意思是款冬发芽之时，别的枝叶都已凋残。现代人以为岁寒而知松柏之后凋，对一切傲霜凌寒的植物都抱敬佩之心，惊叹于它们顽强的生命力、不畏严寒的风骨。但古人觉得背阳向阴，有违自然之理，这是小人之道，是要持批判态度的。

傅咸虽然为款冬写了赋，但没说它开什么颜色的花。《尔雅》中说："菟奚，颗冻。"郭璞在注释中说："款冻也，紫赤华。"大约一百年后，《吴普本草》上记载的款冬已经换了模样："款冬十二月花，花黄白。"

北宋《本草图经》中记载了这两种"款冬"，一种十二月开黄花，"初出如菊花萼"；一种开红花，"叶如荷而斗直""俗呼为蜂斗叶，又名水斗叶"。

现在《中国植物志》里的款冬，为菊科款冬属草本植物，早春从地面长出肉质花茎，开小黄花，和蒲公英有些像；花后结蒲公英一样的绒球，轻轻一吹，也会飞出小伞兵；之后长出心形圆叶，大的叶子直径将近15厘米。

而最早郭璞说的开紫红花的款冬，即《本草图经》所说的蜂斗叶，现正式名为蜂斗菜，为菊科蜂斗菜属草本植物。蜂斗菜在生长初期和款冬差不多，通常先长出肉质花茎，花初开时紫红色，后转为白色。叶子和款冬一样，心形，大而圆，直径一般在15—30厘米左右，还有更大的。

说起蜂斗菜就不能不提日本电影《龙猫》。电影中那只最大的龙猫在下雨的晚上出现，头上顶了一片碧绿的叶子当雨伞，那就是蜂斗菜。日本受中国人的影响，也把蜂斗菜称为款冬。它还有一个日文名字，叫蕗。日本的"秋田蕗"为蜂斗菜的一个变种，植株巨大，叶茎高度超过1米，整体高达2—3米，用来当伞遮雨完全没有问题。

蜂斗菜是日本人熟悉的蔬菜，超市里就可以买到，吃的是它的叶柄和嫩花芽。这种植物在初春冰雪消融时开花。它和笔头菜一起，被视为春天来临的象征。日本电视台早春天气预报常会播报它的开花情况，以示春天的来临。

跟现在的日本人一样，我们的古人也曾把蜂斗菜当菜吃。宋代《图经衍义本草》中说："春时，人或采以代蔬。"

射干复鸢尾

掘荃蕙与射干兮,耘藜藿与䉈荷。

——《九叹·悯命》

掘:挖掉。

耘:为农作物除草。

诗里的荃是菖蒲,蕙是佩兰,射干至今仍叫射干。这句是说挖掉菖蒲、佩兰、射干这些香草,种上灰菜、大豆和䉈荷。主题思想仍是控诉君王不辨香臭,致使人才凋零,平庸之辈当道。

在诗中,射干和荃、蕙并列,自是香草一类。射干是多年生草本植物,有菖蒲一样的剑状长叶,植株有半人高;夏天开花,花瓣六出,橙红色,上面有紫褐色斑点,斑点很密。射干的花茎从植株中间的叶鞘间抽出,高出叶片半尺左右,坚硬挺直,有如箭矢之杆。

射干之名见于《荀子·劝学篇》:"西方有木焉,名曰射干。茎长四寸,生于高山之上,而临百仞之渊。"

屈原的弟子宋玉比荀子年代稍晚,其《高唐赋》中有"青茎

香草美人

招魂怀思

古名：**射干**

今名：射干

鸢尾科射干属，多年生草本。花橙红色，散生紫褐色的斑点。花期6—8月。又名野萱花。

射干复鸢尾

翠花红墙护
紫气花丛不
数霍时犀
莫教溪入南
萧梦好偏
春风作楚
云瓯香馆
南田寿平

鸢尾

鸢尾科鸢尾属，多年生草本。

清 恽寿平 绘

香草美人

招魂怀思

射干复鸢尾

射干"之句,把射干与香草荃相提并论。至汉初,刘向写了"掘荃蕙与射干",司马相如写了"揭车衡兰,藁本射干",射干是毫无争议的香草。

射干其实不香,不管是花、叶还是根茎都没有香味,能与荃、蕙并列,成为香草,一是因为它扁叶丛生的形态在古人看来和蛮姜(即杜若,又名高良姜)很像,因此又有一个名字叫草姜;二是因为古人把它划为菖蒲(荪)一类。菖蒲长叶如剑,丛生水边,在古人眼里,形态相近的植物身上都有菖蒲的影子。菖蒲是荃是荪,是香草中的王者,射干理所当然是香草谱中的一员。

射干为鸢尾科射干属植物。鸢尾科植物叶形均如剑,和菖蒲相似。这个特征如此醒目,古人就把鸢尾科中开橙红色花的射干、蓝紫色花的鸢尾、紫花的溪荪、白花的野鸢尾、蓝白色花的蝴蝶花等都冠以菖蒲之名。

这个命名习惯一直传到现代,比如来自南欧的黄菖蒲、来自日本的花菖蒲、来自南非的唐菖蒲、来自北美的庭菖蒲等,它们都不是菖蒲,但都有菖蒲之名,便是因其剑叶如菖蒲。将来也许还有别的鸢尾科花草会沿用这个命名原则,继续扩大"菖蒲"的名单。其实非但中国古人这么认为,欧洲人也一样。黄菖蒲(鸢尾科鸢尾属)学名 Iris pseudacorus L., pseudacorus 的意思便是"像菖蒲的"。

射干被认为是香草,但鸢尾科植物包括野鸢尾、鸢尾、溪荪、扁竹兰、蝴蝶花等,以及外来的花菖蒲、黄菖蒲、香根鸢尾、德国鸢尾等湿生鸢尾,只有香根鸢尾的根有香气,含芳香物质,可以提炼香水,符合香草的定义。

射干叶子互生,嵌迭状排列,平展铺开,形似扇子,因此又有"乌

花菖蒲

鸢尾科鸢尾属，多年生草本。为园艺变种。

扇"之名。在古代，射干又名鸢尾，鸢是鹰，是说它叶形如飞翔时展开的鹰尾。起初，"射干"即"鸢尾"，"鸢尾"即"射干"。

到唐代，"鸢尾"和"射干"开始指向不同的植物。陈藏器《本草拾遗》里讲："鸢尾、射干二物相似，人多不分。"他描述了射干和鸢尾的不同：射干株高，鸢尾苗低。射干秋天开花，红花赤点；鸢尾夏天开花，花色紫碧。紫碧，便是现在说的蓝紫色。开蓝紫色花的，正是现在所说的鸢尾。这样，射干和鸢尾各领其名，各安其位。

日本人沿袭中国人的命名习惯，把本地的湿生鸢尾取名为花菖蒲，移植进庭院里，从1681年起进行选育，到十九世纪已培育

溪荪

鸢尾科鸢尾属,多年生草木。

蝴蝶花

鸢尾科鸢尾属,多年生草木。

出了近千个品种。花菖蒲花期很短，有"三日之期"的说法，因其短暂而显得分外美丽，也愈加凄婉哀怨。日本作家连城三纪彦以花为题，写作了著名的《菖蒲之舟》，书中写一对情人执着于爱情，如飞蛾扑火般孤注一掷，情由心生，情绝心死，人亦如花，三日即灭。生命如同水中生长盛开的花菖蒲，美得妖艳，谢得决绝。

欧洲人对鸢尾的情感就全然不同。鸢尾的英文名是 Iris，是彩虹女神的名字。彩虹女神是天后赫拉的专属信使。她在天上飞来飞去，替众神向人类传递消息。她在天空匆匆飞过留下的身影，就是彩虹。希腊人认为彩虹是连接天和地的，因此彩虹女神被认为是神和人的媒介，她负责将人类的幸福、悲哀、怨怒、祈求、祝福传递给诸神；同时也把神的旨意传递给人类。彩虹女神就是神音的传递者。鸢尾有彩虹女神之名，象征的是祝福。

如今公园里种鸢尾，多在台阶边沿、溪沟两岸、林下坡地，无花时节叶片青郁，开花时错落有致，一路紫蝶翩飞。我曾在四川丹巴县中路藏寨，看到村民把鸢尾种在墙头上，长得极茂盛，开花灿烂，蓝紫耀眼。询村民，当地称之为蝴蝶花，或蓝蝴蝶、紫蝴蝶。

明清时期，射干和鸢尾就常被叫作蝴蝶花。乾隆有《蝴蝶花（亦名射干）》御制诗："为花为蝶两翩翩，梦比蒙庄更契禅。"明人孙继皋的《紫蝴蝶花》诗写的则是鸢尾："蝴蝶梦为花，花开幻蝴蝶。"二者都由"蝴蝶花"之名联想到庄周梦蝶，庄子的迷梦随着花瓣翻飞在眼前，植物和文化从来都是伴生一起的。

开遍蘘荷向午花

掘荃蕙与射干兮，耘藜藿与蘘荷。

——《九叹·悯命》

《九叹》是汉代刘向的作品，他的风格和屈原很接近。

> 莞芎弃于泽洲兮，瓟蠡蠹于筐簏。
> 麒麟奔于九皋兮，熊罴群而逸囿。
> 折芳枝与琼华兮，树枳棘与薪柴。
> 掘荃蕙与射干兮，耘藜藿与蘘荷。

——汉·刘向《九叹·悯命》

这几句和《离骚》中的"兰芷变而不芳兮，荃蕙化而为茅。何昔日之芳草兮，今直为此萧艾"就蛮像的。

"莞芎弃于泽洲"，"莞"是莞草，一名莞蒲，可以编席，称莞席——前面《柘浆》篇甘蔗饧里被放进老鼠屎的案子，中藏吏得罪宦官，就是因为不肯给他宫中的莞席；"芎"是川芎，也就是蘼芜。

"瓟瓥蠹于筐簏","瓟"是大肚葫芦,剖开就是瓢,因此也叫瓢葫芦;"瓥"是用瓠做的勺;"筐"是大筐;"簏"是小箩。瓟和瓠的区别,不过是一大一小,一圆胖一细长;一剖为二后,大的是瓢,小的是勺。筐里放水瓢,簏里放汤勺。

"折芳枝与琼华","芳枝"和"琼华"是泛指。"树枳棘与薪柴","枳"是橘越淮为枳的枳,"棘"是酸枣树,这两种树都多刺。

"掘荃蕙与射干","荃"是菖蒲;"蕙"是佩兰;"射干"是鸢尾科多年生草本植物,花很美丽。"耘藜藿与蘘荷","藜"是灰菜;"藿"是大豆;"蘘荷"是姜科的多年生草本植物,也称野姜。

茺蒲和蘼芜弃于泽洲、瓟瓥被虫蛀咬当然可惜。把瑞兽麒麟弃之九皋,而把熊罴养在园囿,当然是远德近凶。掘出荃、蕙和射干好比人才凋零,令人心痛;但藜、藿、蘘荷都是优良的蔬菜,蘘荷还是姜科植物,算芳草类,并不是恶草,把这三种植物放在芳草的对立面,颇让人疑惑。

灰菜富含多种微量元素和胡萝卜素等,多吃有益无害。大豆就更重要了,古时平民食物里一向缺少蛋白质,大豆的植物蛋白含量极高,有大豆就不怕营养不够;豆子还能榨油,过去油脂多难得啊;豆叶嫩时可当蔬菜;干枯的豆枝可作饲料……说藿不好,真的说不过去。

最后来说蘘荷。蘘荷一名野姜,姜科蘘荷属。蘘是釀的简写,釀的意思就是腌菜。《说文解字》说"荷"即荷叶,蘘荷的植株高有一米,叶子又长又大,"蘘荷"的本义是可做腌菜的大叶子植物。只是可腌之菜甚多，蔓菁、萝卜都可腌，但都没有被命名为蘸，可见蘘荷应用之早。

蘘荷做成腌菜后，另有名字叫覆菹。覆原作"蔐"，即蘘荷。覆菹的意思就是腌蘘荷。覆菹在《楚辞·大招》里出现过："醢豚苦狗，脍苴蓴只。"（苴即菹，蓴即蘘荷。）意思是把猪肉、狗肉做成酱，用腌蘘荷来增香。楚国是蘘荷的产地，蜀地也是。后来四川人司马相如在《上林赋》里罗列道："藁本射干，茈姜蘘荷。"茈通紫，初生的嫩姜有紫色的芽，因名茈姜。茈姜味辛，蘘荷气芳。至今司马相如的同乡仍在食用蘘荷，其法甚简，蘘荷花苞洗一洗，剥去外面两层较老的苞片，扔进泡菜坛子里，过半个星期就可以吃了。古楚地浏阳的做法是切片，与豆豉、剁椒、酸刀豆丝爆炒，开胃下饭。

蘘荷作为食物，有多个部位可食用。一是未开花的花苞，苞片外面呈紫色。一是匍匐茎上的嫩芽，因外面有叶鞘包裹如笋，也叫蘘荷笋；芽外面是浅紫红的叶鞘，里面的嫩芽是乳黄色的。另一个是根，《尔雅翼》中说："其叶冬枯，其根为菹，亦可酱中藏，古之为味者杂用脍炙切蘘荷以为香，是为珍味。"看上去用法如姜。这三样都和姜一样，有浓烈的芳香气息。甚至，花也可吃，《古今注》中说："花未败时可食，久则消烂矣。"

蘘荷在古时，还不单是下粥小菜、肉酱调料那么简单，它肩负重大责任。《周礼》上说当时对付毒蛊之法，是用嘉草攻之。后人考证说，最有功效的嘉草就是蘘荷与茜草。

干宝在《搜神记》里讲了这样一个小故事，说有一人得了怪病，沥血不止，医生说他中了蛊，悄悄将很多蘘荷根铺在他的席子底下。这个人就大笑不止，说下蛊的是张小小。干宝说当今攻蛊，多用

香草美人

招魂怀思

古名：蘘荷

今名：蘘荷

姜科蘘荷属，多年生草本，株高0.5—1米。根茎淡黄色。叶披针状椭圆形或线状披针形，长20—37厘米。穗状花序，花淡黄色。花期8—10月。

开遍蘘荷向午花

蘘荷，很灵验。

到唐朝，人们还信之不疑。柳宗元被贬至永州，这个地方瘴疠横行，蛇虫遍地，还有为谋财不惜养蛊为害的传统。既然蘘荷可以除毒蛊，他就种了几株，希望能够靠它们来保全己身。他不但种了，还写了诗。

> 庶氏有嘉草，攻襘事久泯。
> 炎帝垂灵编，言此殊足珍。
> 崎岖乃有得，托以全余身。

——唐·柳宗元《种白蘘荷》

柳宗元种的白蘘荷和蘘荷略有不同。蘘荷的根是黄色，花苞苞片为紫色，花黄色或淡黄色。白蘘荷现名阳荷，花苞苞片为红色，花紫色，根白色。和蘘荷比，阳荷的根更芳香，作为药物效果更好。

在如今仍在种植食用蘘荷的地区，民间有蘘荷丛里多蛇的说法，细细想去，实乃巫蛊之说的遥远回响。蘘荷除毒蛊的传说在后世慢慢走了样，蘘荷不再是"嘉草"，变成和蛇虫共生并存。且蘘荷喜阴，长于向北之地或密林之下，潮湿阴暗的地方多蛇虫，除毒蛊之说便这样在口口相传里变形，成为幼时的梦魇。

蘘荷曾是常见的蔬菜，后人却多有不识。但在两湖、四川和苏南，蘘荷一直是蔬菜。

清代吴其濬在《植物名实图考》中说，江西建昌当地医生有所谓八仙贺寿草，他猜想是不是蘘荷，去请教吴存义。吴存义说这个就是蘘荷，在他的家乡，蘘荷种在南墙下，花苞摘下来用酱腌渍，细瓣一层一层的，像剥芭蕉芯。后来吴其濬自己也种来观赏、腌菜，能使数百年湮没为杂草的嘉蔬重现餐桌，这种幸福感，难以言说。吴存义是泰兴人。泰兴，正是苏南地区少数种食蘘荷的地方。

蘘荷在中国僻处一隅，即使是当地人也多有不识，但在日本却是常见的蔬菜。日本导演是枝裕和的电影《步履不停》里有一个情节，母亲用切成片的蘘荷加新剥的碧绿毛豆一起做蘘荷毛豆拌饭，看了很有熟悉之感。在我的家乡苏南小镇，外婆也曾用蘘荷切丝与新鲜毛豆同炒，这是夏季的开场白。

蘘荷在日本称茗荷，日本菜里常有。除了家常的和饭同煮，居酒屋的做法是剖开，片出薄薄一片来，呈小型荷花状，放在雪白的豆腐或饭团上，点缀些葱圈，就像一幅画，十分有日本味道；还可一切为四，再切成薄片，用水浸泡片刻，捞出挤干，拌上盐醋，就是一道开胃的前菜。

清代曹寅《淳化镇》诗中有蘘荷："消摇惯熟山园路，开遍蘘荷向午花。"淳化镇在南京郊区上元县内，靠近句容，正是蘘荷在江苏的栽培地之一，又是江宁府治下；身为江宁织造的曹寅去公干或游玩，见到蘘荷，写进诗里。当时淳化镇的蘘荷花可以开遍，看来地里种了不少，有点"掘荃蕙与射干，耘藜藿与蘘荷"的意思。

蘮蕠青葱善窈衣

蘮^{jì}蕠^{rú}兮青葱，藁^{gǎo}本兮萎落。

——《九思·悯上》

青葱：青绿。

楚辞自屈原而始，承以宋玉，至西汉又有淮南王刘安的门客作者群，以及东方朔、王褒，后刘向搜集各人作品，总计十六篇，编辑成书，以《楚辞》之名传世。东汉王逸作《楚辞章句》，为十六篇详注句意，又增添自己的《九思》，共十七篇，为《离骚》《九歌》《天问》《九章》《远游》《卜居》《渔父》《九辩》《招魂》《大招》《惜誓》《招隐士》《七谏》《哀时命》《九怀》《九叹》《九思》。

竹简书籍不易保存，不是毁于战火，就是毁于鼠蚁。刘向所编的《楚辞》早已散佚，王逸的《楚辞章句》也遭遇同样命运。现在流传下来的楚辞，是从南宋洪兴祖的《楚辞补注》中追溯而来。

王逸的《九思》是楚辞的殿后之作。王逸是南郡宜城（今湖北襄阳宜城市）人，算得上是屈原的老乡。王逸曾言："逸与屈

香草美人

招魂怀思

古名：**蘪蕪**

今名：窃衣

伞形科窃衣属，一年生或多年生草本，高10—70厘米。花白色。果实长圆形，有内弯或呈钩状的皮刺。花果期4—11月。

蘪蕪青葱善窃衣

原,同土同国,悼伤之情,与凡有异。窃慕向、褒之风,作颂一篇,号曰《九思》。""向"是刘向,"褒"是王褒,刘向有《九叹》,王褒有《九怀》,王逸有《九思》。

"九思"出自《论语》:"君子有九思:视思明,听思聪,色思温,貌思恭,言思忠,事思敬,疑思问,忿思难,见得思义。"王逸的《九思》不一样,继承的是屈原的《离骚》精神,写的是君王亲小人远贤臣,瓦砾明珠不分,香臭美丑不辨,以致高洁之士郁郁寡欢,鸿鹄被困,香草见弃。

身为楚辞作者群中的一员,开口怎能不谈香草?"藟萰兮青葱,藁本兮萎落。"藁本是伞形科植物,见于本书前面篇章。藟萰也是伞形科草本植物。

藟萰难写又难念,但很常见,随便什么地方都有。它还有个特别可爱又好记的名字,叫窃衣。这个名字出现得很早,《尔雅》里就有了:"藟萰,窃衣。"至于为什么叫窃衣,郭璞的解释也简单:"子大如麦,两两相合,有毛,著人衣。"窃衣的意思是趁人不备偷偷粘上人的衣服。三国孙炎《尔雅音义》云:"其花着人衣,故曰'窃衣'。"我猜孙炎没有见过窃衣,着衣的是果实,而非花。窃衣的果实成熟后可食,叫鬼麦,这个名字大约也是从粘衣而来,说它悄悄粘在人身上,鬼鬼祟祟的。

窃衣的果实比苍耳还要小,毛比苍耳还要密,苍耳有多么粘衣,窃衣可以再加十倍。春末至夏秋季节到山间去玩,不小心碰到一丛窃衣,那衣角裤管上会密密麻麻满是窃衣,回来摘半天都摘不干净,过了许久,还能在卷边折缝里发现几粒。只要被粘过一次,就永远不会忘记,它确确实实太能"窃衣"了。

王逸一定是被窃衣粘过,才会用它入诗:"藟萰兮青葱,藁本夯萎落。"他把窃衣比作小人，朋党勾结，狼狈为奸，是很准确的。它真的比苍耳还要讨厌，果实上的粗毛委实太多太密太能粘衣了。而藁本是和蘪芜一样的香草，芬芳高洁。窃衣和藁本都属伞形科，生长初期的形态十分相似，藁本的植株稍稍高大粗壮一些，窃衣茎干要柔弱一点。二者在春初出苗长叶期间不太好区别，等开了花就好辨识了，结果之后更是一目了然。窃衣的果实在没成熟的时候是紫红色，毛茸茸的；藁本的果实则要大许多，未成熟时为绿色，光滑无毛。

伞形科窃衣属下有两种，一是窃衣，一是小窃衣。小窃衣和窃衣的区别，一是分布区域，窃衣产长江以南和陕西甘肃，小窃衣除了黑龙江、内蒙古和新疆以外遍布全国各省区；另一个不同之处是果实的大小，小窃衣的果实比窃衣小一半，所以名小窃衣。

窃衣分布在长江以南，在南方有个土名，叫"夫娘子"。明朝田艺蘅《留青日札》中说："草子甚细，如刺，其气臭恶，善惹人衣者，名曰夫娘子……按南方苗人谓妻曰夫娘，又谓妇人之无行者亦曰夫娘，盖言其臭秽善惹人耳。"

周作人在《野草的俗名》一文中也写到窃衣，说当地称为"臭婆娘"。

对于一种草的厌恶，可以到这种地步。王逸笔下还是简单的正邪之分、君子小人之别，到了后期，君子小人不存在了，变成对女性的污名化。

其实窃衣的"臭"，不过是气味浓烈。伞形科植物的气味都比较浓郁，蘪芜气味之浓，还要胜过窃衣十倍不止。

附录

人间草木系列植物名录

花月令：四时赏花录

兰	蕙	瑞香	樱桃	迎春
桃	玉兰	紫荆	杏	梨
李	蔷薇	木笔	郁李	杨柳
海棠	绣球	牡丹	芍药	罂粟
木香	杜鹃	荼蘼	石榴	虞美人
萱草	合欢	蒼卜	锦葵	山丹
泡桐	莲	茉莉	凌霄	凤仙
鸡冠花	黄蜀葵	玉簪	紫薇	木槿
蓼花	菱	槐	桂	秋海棠
白蘋	金钱花	丁香	菊	芙蓉
剪秋罗	剪红纱花	剪春罗	橙	橘
山药	梧桐	苔	芦苇	荻
美人蕉	枇杷	松	柏	蜡梅
茗花	水仙	梅	山茶	

野有蔓草：《诗经》草木图志

荇菜	葛藟	桃	蒌	蕨
甘棠	白茅	唐棣	芄兰	稷
扶苏	茹藘	椒	条	鷊
苬楚	蓍	壶	果臝	苹
常棣	薇	枸	椅	蕢
茑	女萝	苕	来	牟

香草美人：《楚辞》芳草图谱

江离	申椒	菌桂	荃荪	兰
留夷	揭车	杜衡	木兰	菊
胡绳	芰荷	扶桑	艾蒿	杜若
白蘋	紫草	石兰	白芷	薜荔
辛夷	灵芝	露申	橘	茶
茅	柘	枫	荆楚	马兰
款冬	射干	鸢尾	蘘荷	蘭蘂

（未完待续）